徳間文庫

空白の時刻表

西村京太郎

徳間書店

目次

おおぞら3号殺人事件

1

年齢《とし》をとると、たいてい、気難しく、説教好きになる。

捜査一課の亀井《かめい》刑事も、同じだった。まだ四十五歳だが、東北の仙台《せんだい》に生まれ、高校を卒業すると同時に上京し、苦労してきただけに、今の若者のぜいたく志向が、気に食わない。

姪《めい》の一人で、大学四年になる風見典子《かざみのりこ》が、夏休みに、北海道一周の計画を立てたときにも、亀井は、千歳《ちとせ》まで、飛行機で行くということに反対した。

「飛行機なんかで行ってしまったら、本当の旅の楽しさなんか味わえないぞ。汽車を乗りついで行ってこそ、東京から、はるばる北海道へ行ったという実感がわくんだ。それに、学生時代だからこそ、時間をかけた旅が出来るんだろう。社会人になっても出来るような飛行機旅行はよせ」

そんな亀井の言葉に、納得したのかどうか、典子は、飛行機を使わず、夜行列車で青森まで行き、青函《せいかん》連絡船で北海道にわたることにしたといってきた。

出発は、八月一日というので、亀井は、上野《うえの》駅まで、彼女を送りに行った。

一九時五三分上野発青森行きの「ゆうづる３号」に乗るというので、亀井が、一九時三〇分に着いてみると、典子は、二十七、八歳の背の高い男と一緒だった。

「こちら、花井《はない》さん」

と、典子が、紹介すると、男は、ニッコリ笑って、

「花井友彦《ともひこ》です」

といい、名刺をくれた。

通産省事務官の肩書のついた名刺だった。

亀井は、「ちょっと」と、典子を、引っ張って、

「どうなってるんだ？」

「何が？」

「男が一緒の旅だとは、いわなかったじゃないか」

「彼、立派な人よ」

「結婚するのか？」

「プロポーズはされてるの。私が、大学を卒業したら、結婚してくれって」

「お前は、どうなんだ？」

「悪くはない相手だと思ってるわ。エリート官僚の卵だし、美男子だし——」

「お母さんは知ってるのか？」

「二度ほど、家に連れて行ったことがあるわ」

「そうじゃない。今日、彼と一緒に旅行することをだよ」

「いってないの。だから、叔父《おじ》さんも黙っていてね。お願いよ」

典子は、手を合わせる真似《まね》をした。

亀井も、ここで、反対するわけにもいかず、

「馬鹿な真似はするなよ」

と、いっただけだった。

やがて、発車のベルが鳴り、二人の乗った「ゆうづる3号」が、ホームを離れて行った。

すでに、周囲は、暗くなっている。その中に、「ゆうづる3号」の赤いテールライトが吸い込まれるように消えて行くのを見送ってから、亀井は、改めて、男のくれた名刺に眼

をやった。

（エリート官僚の卵か）

と、呟《つぶや》いた。

いかにも、頭の切れそうな顔をしていた。

たぶん、あの男は、出世コースを歩いて行くだろう。

（だが、おれは、ああいう男は好きになれん）

2

「ゆうづる３号」は、寝台特急である。

向かい合った寝台に腰を下ろし、十一時近くまで、お喋《しゃべ》りをしたり、トランプで遊んだりしてから、典子は、「おやすみ」といって、自分のベッドにもぐり込んだ。

カーテンを閉めて、横になり、眼を閉じると、今まで聞こえなかった単調な車輪の音が、急に、聞こえ出した。正確にいえば、車輪が、レールの継ぎ目を拾う音である。

典子は、隣りの寝台にいる花井のことを考えた。

花井と初めて会ったのは、去年の秋の文化祭のときだった。花井は、大学のＯＢとして、やって来たのである。

花井のほうは、最初から、典子に関心を持ったというが、彼女のほうは、何の関心も持たなかった。

文化祭のあと、花井のほうから、誘いの電話が、ひっきりなしにかかってきて、つき合うようになったのである。

それでも、どこか冷たさの感じられる秀才肌の花井を、なかなか好きになれずにいたのだが、典子の家に、毎週日曜日、花を送ってくるようになってから、次第に魅《ひ》かれるようになった。

今度の旅行で、叔父が、飛行機なんか使うなといっていると、典子が伝えると、花井は、自分も、そのほうがいいと思うと、いってくれた。

通産省のほうへは、四日間の年次休暇をとったという。日曜日が入るから、丸五日間の休みになった。

花井との間は、キスまでしか進んでいなかったが、今度の旅行で、行くところまでいくのではないかという予感を、典子は、持っていた。そうなってもいいと、彼女は、思っていたし、そうなれば、かえって、彼と結婚する決心がつくだろうとも、思っている。現在、あいまいな気持ちでいるのは、大学を出たあと、二、三年、社会人としての生活をしてみたい気持ちもあったからである。もちろん、花井と結婚してからも、勤めに出ればいいのだが。

「ゆうづる3号」は常磐《じょうばん》線回りで、平《たいら》に、二二時三〇分に停車してからは、仙台まで停車しない。

列車は、六十キロ台のスピードで走り続けている。上り列車とすれ違うとき以外は、神経をいらだたせる音は聞こえないのだが、典子は、なかなか、眠れなかった。

やはり、花井と二人だけの旅行ということで、緊張があるのだろう。

仙台に停車した。

枕元の明かりをつけて、腕時計を見ると、午前〇時三十五分である。

ここからは、終着の青森まで停車しない。

（なかなか眠れないな）

と、思っているうちに、典子は、いつの間にか眠ってしまった。

周囲のざわめきで眼をさまし、カーテンを開けると、花井が、ベッドからおりて、微笑していた。

「お早う」

と、彼がいう。

窓の外が、明るかった。典子は、眼をこすりながら、

「今、何時頃？」

「四時半だよ。青森に着くのが、五時八分だから、そろそろ、支度をしたほうがいいな」

と、花井がいう。

典子は、着がえをしてから、顔を洗いに、ベッドをおりた。

車両の端にある洗面所では、乗客たちが、朝のあいさつをしながら、順番を待っていた。

昨日までは、全くの他人だったのに、一夜を、同じ列車内で過ごしたという連帯感があるせいか、お互いに、笑顔であいさつしている。こんなところが、夜行列車の旅のよさだろう。

顔を洗い、化粧を直している間に、列車は、青森市内に入って行った。

定刻の五時〇八分に、「ゆうづる3号」は、青森駅に着いた。

飛行機に、北海道への客をとられているとはいっても、夏休みに入っているせいか、若い観光客で、ほぼ満員の列車から吐き出された乗客は、青函連絡船に乗るために、長いホームを小走りにかけて行く。

跨線橋《こせんきょう》にあがると、窓から、連絡船の特徴のある煙突が見えた。それが、手に取る近さに見えて、典子は、思わず、

「船だわ」

と、叫んでいた。

3

青森は、北海道への通過点といわれている。とすれば、北海道への旅は、青函連絡船に乗ることから始まるといっていいかもしれない。

ドラが鳴って、五三七六トンの大雪丸《たいせつまる》は、青森の桟橋を離れた。

遊歩甲板に出て、花井と肩を並べ、ゆっくりと遠ざかって行く青森の町を眺めていると、改めて、旅に出たのだという気分になってくる。飛行機を使わず、列車と、青函連絡船にしてよかったと、典子は、思った。

津軽《つがる》海峡は、おだやかだった。

陽が、次第に高くなっていったが、東京のような暑さではなかった。

典子たちと同じような若いカップルが、甲板で、写真を撮っている。典子と花井も、船員に頼んで、カメラのシャッターを押してもらったりした。

青森から函館《はこだて》まで、四時間足らずの航海である。その間に、食堂で、千円の北海定食を食べたり、「海峡」という名のサロンでお茶を飲んだりして、過ごした。

やがて、前方に、函館の港が見えてきた。

「この先、ちょっと強行軍になるんだが、我慢してくれよ」

と、花井は、甲板で、近づいてくる函館の町を見ながら、典子にいった。

「かまわないわよ。若いんだから」

典子は、笑ったが、寝台特急「ゆうづる」の中で、あまりよく眠れなかったので、少しばかり、眠かった。

「函館から、釧路《くしろ》行きの特急に乗るんだが、ふんぱつして、グリーン車にしたから、疲れていたら、車内で眠りなさい」

と、花井は、いってくれた。

大雪丸が速度を落として、函館港に入って行くと、タグボートが近づいて来た。

大雪丸は、そのタグボートに、横腹を押されて、ゆっくりと、岸壁に接岸する。

ブリッジを渡って、函館駅のホームに入ると、典子たちの乗る釧路行きの「おおぞら3号」は、すでに、入線していた。

まだ、発車まで十分近くあるというので、典子は、東京の母親に、電話をかけた。花井と一緒だとはいってないので、

「今、函館。これから釧路行きの列車に乗るの」

とだけ、母にいった。

「女のひとり旅なんだから、気をつけなさいよ」

母がいった。

さすがに、ちょっぴり後ろめたさを感じながら、「大丈夫よ」といって、電話を切ったのだが、ふと、横を見ると、五、六メートル離れた電話で、花井が、受話器を手にしていた。

百円玉を、入れながらかけているところをみると、遠距離なのだろうが、典子が、おやっと思ったのは、花井が、東京では、ひとり住まいだったからである。

彼の両親は、九州にいる。九州へかけたのだろうかと思っているうちに、花井は、受話器を置き、

「さあ、出るよ」

と、典子に、いった。

釧路行きの「おおぞら3号」は、午前九時四十分に出発した。

北海道は、一部の幹線しか電化されていないので、気動車が、幅を利かせている。

釧路行きの「おおぞら3号」も、気動車特急である。

以前は、古い型の気動車が使われていたのだが、昭和五十六年頃から、183系といわれる新しい気動車特急が、走り出した。

北海道用に設計されたこの183系は、角張った前面と、除雪用のスカートが特徴である。

淡いクリーム色と、赤色のツートンカラーの車体は、白い色になった冬の北海道の景色には、きっと、よく似合うだろうと、典子は思った。

今は、緑の季節だが、緑にも、クリームとレッドのツートンは、素敵なコントラストを見せていた。

十両編成の前面には、「おおぞら」の文字と、北海道のシンボルである丹頂鶴が、二羽描かれたヘッドマークがついていた。

新しい車両なので、車内は、きれいだし、一両だけあるグリーン車は、座席が、フルリクライニングになっている。

典子は、座席に腰を下ろすと、すぐ、座席を倒した。

グリーン車は、六〇パーセントほどの乗車率だった。

函館発の列車は、南の室蘭《むろらん》本線経由と、北の小樽《おたる》を通る函館本線経由に分かれている。

二人の乗った「おおぞら3号」は、室蘭本線を経由して、釧路までである。

函館を出てからは、長万部《おしゃまんべ》、洞爺《とうや》、東室蘭、登別《のぼりべつ》と、停車して行く。

空は、よく晴れていて、函館を出て間もなく、山頂のとがった駒ケ岳《こまがたけ》が見え、大沼《おおぬま》公園の横を通り、そこを抜けると、右手に、内浦湾《うちうら》が見えてくる。

長万部着が、一一時一〇分。「おおぞら3号」には、食堂車がついていない。その代り、グリーン車に、売店コーナーがついていて、そこで、駅弁や、お茶などを売っている。

長万部を出たところで、花井が、売店で、駅弁と、お茶を買ってきてくれた。

売店には、電子レンジが備え付けてあるので、弁当は、あたたかくしてくれる。

典子は、車窓の景色を楽しみながら、あたたかい弁当を食べた。

列車は、内浦湾のほとりを走り続けている。

食事がすむと、急に、眠くなってきた。典子が、眼をこすっていると、花井が、笑いながら、

「釧路へ着くのは、夕方の七時過ぎだから、少し眠りなさい」

と、いってくれた。

「ごめんなさい」

「かまわないさ。僕も、少し眠ろうと思ってるんだ。寝台特急の中で、よく眠れなかったんでね」

花井は、そういって、窓のカーテンを引いてくれた。

典子は、いつの間にか、眠った。

4

眼《め》がさめたとき、「おおぞら3号」は、いぜんとして、走り続けていた。

隣りの花井が、典子の顔を、のぞき込むようにして、

「眼がさめた?」

「今、どの辺?」

典子は、カーテンを開けて、窓の外を見た。

「石勝《せきしょう》線を走っているところだよ。昭和五十六年に開通した新線だよ。この線が出来たおかげで、釧路までが、近くなった」

と、花井が、いう。

千歳空港駅と、根室本線の新得《しんとく》駅の間、一三二・四キロを結ぶのが、石勝線である。この線が出来るまでは、日高《ひだか》山脈を迂回《うかい》し、遠く、旭川《あさひかわ》経由で、行かなければならなかった。

石勝線は、その日高山脈を、トンネルでぶち抜いている。単線だが、新幹線と同じように、全線が、コンクリートの枕木とロングレール、それに、踏切は一カ所もない。

「あッ」

と、典子が、声をあげたのは、防雪用のスノー・シェルター内を、列車が、通過したからである。有名な豪雪地帯を走るので、信号所や、駅の近くには、かまぼこ形のスノー・シェルターが、設けられている。

列車は、スピードをあげて、石勝高原を走り抜けるが、コンクリートの枕木と、ロングレールのせいで、ゆれは少ない。

「眼やにがついてるよ」

と、花井がいった。

典子は、あわてて、ハンカチで眼をこすってから、顔を洗いに、席を立った。

洗面所で、顔を洗いながら、変だなと、ふと思った。

眼やにが、よく出る人がいるかもしれないが、典子は、今まで、目覚めるとき、眼やにがついていると、いわれたことはない。

(本当に、眼やにがついていたのだろうか?)

そう思ったが、べつに、考え込むことでもないと思い、化粧を直してから、席に戻った。

列車は、新狩勝《しんかりかち》トンネルに入った。抜けると、根室《ねむろ》本線である。

広大な十勝《とかち》平野を走り、帯広《おびひろ》に着いたのは、一七時〇五分だった。

ここで、かなりの乗客が降りた。

二分停車で、「おおぞら3号」は、帯広を発車した。

池北《ちほく》線との分岐点、池田《いけだ》に停車したあと、列車は、南下して、太平洋岸に出た。青い海が、窓の外に広がり、それが、終着、釧路に近づくにつれて、夕闇の中に、沈んでいく。

終着の釧路に着いたのは、一九時一五分、午後七時十五分だった。

ホームにおりると、夏の盛りだというのに、風が、頰《ほお》に冷たかった。

5

ほぼ同じ時刻。

千歳空港と、札幌《さっぽろ》を結ぶバイパスの途中にあるモーテルの一室で、ルーム係の女が、女性客の絞殺死体を発見して、悲鳴をあげていた。

「夢の城」という名前で、どこか安物のベルサイユ宮殿を思わせるモーテルである。

ルーム係は、すぐ、マネージャーに知らせ、マネージャーは、顔をしかめながら、警察に、電話した。

二十五、六分して、札幌から、道警本部捜査一課の刑事たちが、パトカーで、駈《か》けつけた。

三浦《みうら》警部は、ベッドの上に、仰向《あおむ》けに横たわっている死体を、仔細《しさい》に見つめた。

年齢は三十歳前後、身長一六〇センチぐらいだろう。のどには、絞めたときの指の痕《あと》が、はっきりとついている。

部屋の隅には、被害者のものと思われるハンドバッグが落ちていた。

二十万円近く入った財布は、そのまま、ハンドバッグの中にあった。

「運転免許証があります」

と、部下の鈴木《すずき》刑事が、ハンドバッグの中から、見つけ出して、三浦に示した。

〈東京都世田谷《せたがや》区太子堂《たいしどう》——番地

太子堂ハイツ三〇七　小林《こばやし》　夕起子《ゆきこ》〉

運転免許証の住所と名前は、そうなっていた。年齢は、やはり、三十歳だった。

「東京の女か」

と、三浦は、呟いてから、

「すぐ、東京へ連絡して、この女のことを、調べてもらわなきゃならんな」

「ハンドバッグの中に、全日空の搭乗券の半券が入っていました」

「東京から、千歳へのか？」

「そうです」

「君は、空港へ行って、くわしいことを調べてきてくれ」

三浦は、そういって、鈴木を、千歳空港に走らせてから、このモーテルのマネージャーに会った。

「被害者のことを覚えているかい？」

三浦がきくと、中年のマネージャーは、帳簿を繰りながら、

「お顔は見ませんでしたが、一時四十分に、お入りになったお客様です」

「ひとりで来たんじゃないだろう？」

「はい。男の方と一緒でした」

「その男の顔も、見ていないわけか？」

「私どもでは、お客様とは、顔を合わせないシステムになっておりますので」

「二人は、車で来たのかね？」

「はい」

「その車は？」

「それが、見つかりません。たぶん、男の方が、乗って行ったものと思います」

「男が逃げたのは、何時頃だ？」

「それが、わかりません」

「なぜ？」

「実は、泊まりの料金をお払いになったので、てっきり、明朝、ご出発になるものとばかり思っていたわけです。それが、いつの間にか、車がなくなっているので、ルーム係が、部屋をあけてみたところ、女の方が、死んでいたというわけです」

「車は、どんなやつだったかね？」

「白いソアラＧＴでした。あれは、レンタカーですよ」

「それ、間違いないね？」

「ええ。間違いありません」

マネージャーは、きっぱりといった。

被害者は、どうやら、東京から飛行機で、千歳空港にやって来たらしい。男も、同じだろう。とすると、車は、空港のレンタカー営業所で借りたものかもしれない。

死体は、解剖のために、札幌の大学病院に運ばれた。

三浦も、札幌の道警本部に帰った。が、帰ってすぐ、千歳空港へ聞き込みに行った鈴木刑事から、電話が入った。

「被害者の乗って来た飛行機がわかりました。東京発一〇時五〇分で、千歳着一二時一五分の全日空五七便です。彼女は、本名の小林夕起子で、乗っています」

と、鈴木が、いった。

「被害者と一緒だった男がわかったかね？」

「それが、わからないんです。この五七便に搭乗して来たスチュワーデスやパーサーに聞いてみたんですが、機内は、夏休みで満員だったそうで、被害者のことを、覚えていないんです。五七便は、ボーイング747SRで、定員五百人のジャンボ機ですから、無理もありませんが」

「なるほどね。乗客名簿は、手に入ったのか？」

「コピーしてもらいました」

「被害者は、千歳空港で、レンタカーを借りているようなんだが、その線は、どうなんだ？」

「それも、これから報告しようと思っていたところです。空港に出入りしているタクシーを当たってみたところ、被害者らしき女性を乗せたという証言は得られませんので、二つのレンタカー営業所に当たってみたところ、被害者の名前が、見つかりました。今日の午後一時に、白のソアラGTを、借りています。予定では、五日間借りるということになっていますから、レンタカーで、道内を回ろうと計画していたのではないかと思います」

「そのとき、被害者は、一人で車を借りに来たのかね？」

「営業所の話では、女性が一人で借りに来たそうです。所員が、おひとりですかときいたところ、彼女は笑っていたから、ああカップルで道内旅行するのだなと、思ったといっています」

「午後一時に借りに来たのは、間違いないんだな？」

「そのとおりです」

鈴木が、いった。

モーテル「夢の城」のマネージャーは、被害者と男は、一時四十分に来たといっていた。千歳空港から、そのモーテルまで、車で約二十分の距離である。まっすぐ来たとすると、多少、時間がかかり過ぎているが、寄り道をしたとすれば、べつに、不自然ではない。

むしろ、時間ということを考えれば、一二時一五分着の飛行機で着いた被害者が、四十五分後の午後一時に、レンタカーを借りたほうが、気になった。

もっとも、千歳に着いたあと、昼食をとったとすれば、時間は、合うのだ。

「空港周辺のレストランなどに当たって、飛行機を降りた被害者が、食事をとったかどうか調べてみてくれ」

と、三浦は、鈴木にいった。

大学病院での解剖の結果が出たのは、翌八月三日の朝になってからだった。

午前九時に、三浦は、その報告を受けた。

死亡推定時刻は、八月二日の午後一時四十分から三時までの間で、死因は、やはり、くびを絞められたことによる窒息死である。

胃の内容物から、死亡する一時間前頃、ミックスサンドイッチを食べたことが、わかった。

三浦は、千歳空港に着いてから、レストランで、昼食をとったのではないかと考えていたのだが、サンドイッチしか食べていなかったのである。これは、三浦には、意外だった。

鈴木刑事は、空港周辺のレストラン、喫茶店、あるいは、そば店などを当たったが、被害者と思われる女性の目撃者は出なかった。パン屋の店頭でサンドイッチを買い求め、それを、車の中か、あるいは、モーテルに着いてから食べたとすれば、目撃者が見つからなかったのは、当たり前かもしれない。

三浦は、東京の警視庁に、電話で、捜査の協力を要請した。

被害者小林夕起子の異性関係を調べてもらい、その名前と、全日空五七便の乗客名簿を照合すれば、自然に、犯人が浮かびあがってくるだろう。

6

「カメさん」

と、捜査一課の十津川《とつがわ》警部は、亀井刑事を呼んで、メモを渡し、

「道警本部からの捜査依頼だ。この女性が、昨日、向こうのモーテルで殺された。一緒に行った男が犯人らしい」

「世田谷区太子堂の小林夕起子ですか」

「変な顔をしているが、カメさんの知ってる名前かい？」

「いや。知りませんが、私の姪が、ちょうど、北海道旅行へ行っていまして――」

「確か、大学生の？」

「そうです」

「今、夏休みだろう？　それなら、いいじゃないか」

「それが、男と二人だけで行っているんです。まあ、将来、結婚するようなんですが」

亀井が、ぶぜんとした顔でいってから、若い西本《にしもと》刑事を連れて、部屋を出た。

まだ十時前だが、すでに、三十度近いかんかん照りだった。

小太りの亀井は、汗かきである。冷房のきいた地下鉄の中でも、しきりに、ハンカチで汗を拭《ふ》いていた。

目的のマンションは、東急世田谷線の西太子堂駅から、歩いて七分ほどのところにあった。

建ってから、十二、三年くらいの落ち着いた感じのマンションである。

三〇七号室にあがると、ドアのところに、

〈八月六日まで旅行しますので、新聞を入れないで下さい〉

と書いた紙が、セロテープで、とめてあった。

管理人に、鍵を開けてもらって、部屋に入った。

クーラーがとめてあるし、窓が閉め切ってあるので、むっとする熱気が、亀井たちに襲いかかってきた。

亀井は、ベランダに向いて取りつけてあるクーラーのスイッチを入れてから、

「参ったね」

と、吹き出る汗を拭いた。

「北海道は、東京に比べたら、涼しいんでしょうね」

西本が、呑気《のんき》なことをいった。

「しかし、死んだら、暑いも、涼しいもないよ」

「いえ。さっき、姪御さんのことをいっておられたので――」

「ああ、あれか」

第一日目は、釧路に一泊し、次の日は、サロマ湖を見に行くといっていたから、今頃は、その途中かもしれない。

亀井と、西本は、２ＬＤＫの部屋の中を、調べることにした。

全体に、落ち着いた感じなのは、三十歳という年齢のせいだろう。

居間の調度品は、かなり高価なものと思われた。

洋服ダンスの中には、ミンクのコートも入っている。立派な三面鏡の引出しには、宝石類が、無造作に入れてあった。

「小林夕起子さんというのは、何をしている人なの？」

亀井は、入口のところに立っている管理人にきいてみた。

「六本木《ろっぽんぎ》で、ブティックをやっていると聞きました。高いものしか置いてないそうですよ」

と、管理人がいう。

そういわれてみると、洋服ダンスの中身は、ミンクのコートのほかにも、高そうなものが一杯だった。

ライティングデスクのふたを開けた西本が、

「これを見て下さい」

と、小さな額縁に入った写真を取り出して、亀井に見せた。

男と女が、写っている。

女は、おそらく、小林夕起子だろう。

男のほうは、背が高い。

ふいに、亀井の顔色が変わった。男の顔に、見覚えがあったからである。上野駅で、姪の典子に紹介された男ではないか。

亀井は、あわてて、名刺入れを出し、そこに入れたあの男の名刺を取り出した。

通産省事務官の花井友彦とある。

「どうされたんですか?」

と、西本がきいたが、亀井は、返事をせずに、ライティングデスクの引出しを開け、そこに入っている手紙や、写真を、次々に、取り出した。

二人で写っている写真は、何枚か出てきたが、花井友彦の名前の手紙は、見つからなかった。

（似ているが、別人かな？）

と、思い、それならいいのだがと考えながら、なおも、引出しを調べていた亀井は、名刺の束を見つけた。

それを、一枚ずつ調べていった亀井は、あの名刺につき当たった。花井友彦の名刺である。

亀井は、その名刺を自分のポケットに入れたあと、西本に、

「男名前の手紙と名刺を、持って帰ってくれ」

と、いった。

7

警視庁に戻ると、亀井は、男名前の手紙と名刺を書き出して、それを、道警本部の三浦警部に伝えた。花井友彦の名前も、考えた末に、その名簿に付け加えた。

全部で、十七名である。

道警では、その名簿と、八月二日の全日空五七便の乗客名簿とを、照合するだろう。

亀井は、その一方、電話を、典子の家にかけた。

電話口に出た母親に、「私だ」と、いってから、

「典子から、電話があったら、至急、私にかけるようにいってくれ」

「何か急用でも？」

「そうだ。急用だ。私は、今日は、ずっと警視庁にいるからね」

と、いい、電話番号を伝えた。

典子から、電話が警視庁に入ったのは、午後六時を過ぎてからだった。

「今、サロマ湖の近くにあるホテルへ入ったところだけど、どんな急用なの？」

と、典子が、きいた。

「今も、花井という男と一緒か？」

亀井は、声を低くしてきいた。

「ええ。もちろんだわ」

「彼は、電話の傍にいるのか？」

「いいえ。今、下のロビーに行ってるけど、彼を呼ぶの？」

「彼がいないほうがいいんだ。いいか、大事なことだから、冷静に、正確に答えてもらいたいんだ。昨日の八月二日は、花井と一緒だったか？」

「ええ。朝の九時一五分に、連絡船で函館に着いて、九時四〇分発の『おおぞら3号』に乗ったわ。終点の釧路に着いたのは、夕方の七時十五分。そのあと、ホテルで、食事をしたわ」

「そうだと、午後一時四十分から三時までの間は、列車の中だったことになるな？」

「ええ。『おおぞら3号』の中だわ。それがどうかしたの？」

「列車の中では、ずっと一緒だったんだろうね？」

「もちろんよ。だから、一緒に、釧路へ着いたんじゃないの」

電話の向こうで、典子が、笑っている。

「函館で乗ったときも、一緒だね？」

「ええ。いったい、何があったの？」

「いや。何でもないんだ。ずっと一緒だったのなら、問題はない。旅行を楽しみなさい」

と、いって、亀井は、電話を切った。

道警からの返事もきた。

それによれば、亀井が知らせた十七名の男のうち、全日空五七便の乗客名簿と一致したのは、一人だけだったという。

〈片山貢《かたやまみつぐ》（三十歳）繊維問屋「新川《しんかわ》」店員〉

住所も書いてあった。

この男一名ということは、全日空五七便に、花井友彦は、乗っていなかったことになる。少なくとも、その名前では、乗っていなかったということである。

花井は、典子と一緒に、青函連絡船に乗って、北海道へ入ったのだから、当然なのだ。

そう考えると、亀井は、ほっとした。が、また、不安になってきた。

典子は、花井という男が好きらしい。しかし、その花井には、小林夕起子という恋人がいた。仲よく、身体を寄せ合うようにしているあの写真を見れば、恋人同士としか考えられない。しかも、その小林夕起子は、昨日、殺されているのだ。典子たちが行っている同じ北海道で。

典子は、このことを、知っているのだろうか？

「また、浮かない顔をしているね」

と、十津川にいわれて、亀井は、迷った末に、すべてを話した。

「花井という青年が、犯人だとは思わないんですが」

「そうだね。八月二日の朝から夕方まで、カメさんの姪御さんと列車に乗っていたのなら、殺せないよ。被害者は、モーテルの中で殺されていたんだからね」

「そのモーテルは、千歳空港から、どのくらい離れているんですか？」

「道警の話では、車で二十分くらいの距離だそうだ。モーテルのマネージャーは、午後一時四十分に、レンタカーで、二人がやって来たといっている。千歳空港のレンタカー営業所で借りた車だ。列車に乗っていた人間には、絶対に殺せないな」

「そうですね」

亀井は、肯《うなず》いた。が、なぜか、落ち着けなかった。

西本と日下《くさか》が、「片山貢」という男のことを調べに出ていたが、午後四時頃には、帰って来た。

「片山の働いている『新川』という店に行って来ました。彼は、五日間の休暇をとって、北海道へ出かけたと、上司や、同僚がいっています。八月二日に出発して、知床《しれとこ》を回ってくるといっていたそうです」

と、西本が、報告した。

「被害者との関係は、どうなんだ？」

十津川が、きいた。

「被害者は、その店に客として、来ていたわけですが、その応対には、この片山が、当たっていたといっています。片山は、三十歳ですが、まだ独身です。男と女の関係が、あったかどうかは、わかりませんね」

西本は、そういってから、片山貢の写真を机の上に置いた。

同僚と、山で写したもので、写真で見る限り、中肉中背で、平凡な顔立ちの男である。

十津川は、亀井に向かって、

「この男のほうが、カメさんの姪御さんの彼より、疑いが濃いと思うよ。何しろ、八月二日に、被害者と同じ飛行機で、札幌へ行っているんだからね」

「そう思いたいんですが――」

「西本君。すぐ、道警本部に連絡して、片山貢の行方を追ってもらうんだ。この男が、どうやら、本命らしいからね」

と、十津川は、若い西本刑事にいってから、また、亀井に眼を向けて、

「カメさん、ちょっと、お茶でも飲みに行かないか」

と、誘った。

庁内の喫茶店で、アイスコーヒーを飲みながら、十津川は、

「君は、花井という姪御さんの恋人が、犯人だと思うのかね？」

と、亀井に、きいた。

　亀井は、首を横に振った。

「今のところ、花井がやったとは思えませんが、そのことより、姪のことが心配なんです。自分じゃあ、しっかりしていると思っているようなんですが、花井という男が、女にだらしないことも、見抜けなかったわけですからね。花井にだまされているんじゃないかと、むしろ、そのことのほうが、心配なんです」

「まだ、大学生だったね？」

「そうです。来年、卒業します」

「今、北海道のどのあたりを旅行しているのかね？」

「今は、サロマ湖近くのホテルにいるようです。明日は、宗谷岬《そうやみさき》に行くといっていました」

「連絡がとれたんだね？」

「今日、電話がかかってきました」

「そのとき、連れの男に注意したほうがいいといったのかね？」

「自分の娘なら、そういうんですが、どうもいえませんでした。ただ、昨日の八月二日は、一日中、一緒だったのかときいただけです。そうしたら、函館で、『おおぞら３号』に乗ってから、釧路まで一緒だったというので、花井が、犯人ではないなと思ったんですが」

「なるほどね。大学四年なら、もう立派な大人だ。君が心配するほどのこともないんじゃないかな。それに、殺人犯でなければ、そのほうの心配もないからね」

「そうですね。私が心配するほどのこともないのかもしれませんね」

やっと、亀井の顔に、いつもの微笑が浮かんだ。典子は、花井が、前に、小林夕起子とつき合っていたのも、知っていたのかもしれない。それなら、亀井が、心配するほどのこともないだろう。

8

道警本部の三浦警部から、電話が入った。

こちらで、電話に出たのは、十津川である。

「知床半島の民宿で、片山貢を見つけて、うちの刑事が、尋問しました」

と、三浦が、いった。

「それで、どんな感触でした？」

「片山は、八月二日の全日空五七便で来たことは、認めました。しかし、同じ飛行機に、小林夕起子が乗っていたのは知らなかったというのです。まあ、五百人もの乗客が乗っていたジャンボ機ですから、全く、嘘《うそ》をいっているとは、断定できません」

「アリバイは、あるわけですか？」

「片山は、千歳空港から、女満別《めまんべつ》行きの飛行機に乗っています」

「女満別というと、知床半島の付け根近くですね？」

「そうです。一四時〇〇分千歳発の東亜国内航空のＹＳ機で、女満別着は、一五時〇〇分です」

「それに乗ったことは、間違いないんですか？」

「ありません。この飛行機も満席でしたが、六十四人乗りなので、スチュワーデスが、片山を覚えていましたから」

「しかし、一四時ちょうどの千歳発なら、モーテルで、小林夕起子を殺せるんじゃありませんか？　全日空五七便は、一二時一五分に千歳着です。一三時ちょうどに、被害者小林夕起子が、レンタカーを借り、犯人と一緒に、モーテルに着いたのが、一三時四〇分。着くとすぐ殺して、車で、千歳空港に引き返す。モーテルから空港まで、車で二十分で、ぎりぎりですが、猛スピードで飛ばせば、一四時発の女満別行きに、何とか乗れるんじゃありませんか？」

「われわれも、それを考えたんですが、結局、片山には、アリバイがありました。片山は、全日空から降りたあと、一四時まで、時間があるので、空港内の食堂で、食事をしていたら、同じ女満別行きの飛行機に乗るという女の二人連れと仲よくなったというのです」

「その二人連れというのは、実在したんですか？」

「同じ知床の民宿にいました。二十五歳と、二十六歳のＯＬで、片山と、千歳空港内の食堂で一緒になったことを認めました。一緒に知床へ行くと知って、お喋《しゃべ》りをしたというのです。問題は、その時刻ですが、一三時五〇分過ぎまでお喋りをしてから、一四時発の飛行機に乗るために、食堂を出たといっています。これでは、モーテルで、小林夕起子を殺せません」

「そうですか、片山貢は、シロですか」

十津川は、喋りながら、ちらりと、亀井に眼をやった。これで、また、花井友彦という男が、容疑者として、浮かびあがってきたと、思ったからである。

電話を切ると、十津川は、亀井を呼んで、片山貢が、シロになったことを告げた。案の定、亀井は、暗い、心配そうな眼になった。

「犯人は、花井ということも、考えられますね」

「しかし、八月二日には、姪御さんと、ずっと『おおぞら3号』に乗っていたんだろう？」

「そうです」

「それなら、完全なアリバイじゃないか」

「しかし、どうも不安だったので、調べてみたんですが、この列車は『千歳空港駅』に停まるんです。空港の横に作られた駅です。しかも、この駅に着くのが、一三時一五分なんです」

「一三時一五分？」

十津川は、黒板に、眼をやった。そこには、全日空五七便の千歳着の時刻や、被害者がレンタカーを借りた時刻が書いてあった。

「そうなんです。小林夕起子が、レンタカーを借りたのが、一三時。モーテルに着いたのが一三時四〇分です。空港からモーテルまでは、二十分の距離ですから、一三時一五分に、花井が、『おおぞら3号』から降りてきて、被害者の借りておいた車に乗り、一三時四〇分までに、モーテルに着くことは、可能なわけです。前に、一三時ちょうどに、レンタカーを借りた被害者が、四十分もかかって、モーテルに着いたのは、おかしいと思っていたんです。二十分の距離ですからね。一三時一五分に、千歳空港駅を降りてくる花井を待っていたとすれば、ぴったりと合うわけです」

「そうだな、駅を降りて、車のところまで来るのに五分かかったとすれば、一緒に、レンタカーに乗ったのが、一三時二〇分で、その二十分後にモーテルに着いたことになって、ぴったり一致するねえ」

十津川は、大きく肯いた。が、すぐ、ニヤニヤ笑い出して、

「駄目だよ。カメさん。千歳空港駅で、降りたとして、モーテルまで、車で往復四十分かかるんだ。これは、最低の時間だよ。モーテルの室内で、殺すのに十分かかったとすれば、五十分になる。四十分も、五十分も、列車が待ってくれているのかね？」

「いえ、『おおぞら3号』の千歳空港駅停車は、二分間です」

「それじゃあ、ぜんぜん不可能じゃないか。それとも、四十分後に、他の特急で、『おおぞら3号』に追いつけるのかね？」

「そんな列車はないようです」

「それなら、花井友彦は、シロだよ」

9

この事件自体が、道警本部の事件である。

普通のときなら、亀井は、この辺で、考えるのをやめて、事件の解決を、道警に委《まか》せて

しまっただろう。

だが、今度だけは、姪の典子が巻き込まれそうな感じがするので、なかなか、放り出せなかった。

花井は、シロだと思いながら、万一という不安が、抜けないのである。

亀井は、捜査で北海道へ飛んだことはあるが、「おおぞら3号」という列車に乗ったことはない。

函館と釧路を結ぶ十両連結の特急列車だということは、時刻表を見ればわかる。昼間の特急列車だから、一つの駅に、せいぜい二、三分しか停車しない。従って、花井には、モーテルで、小林夕起子を殺すことは出来ないと結論を下したのだが、ひょっとすると、この「おおぞら3号」なら、可能なのではないかという気もしてくる。

もし、花井が犯人なら、姪の典子は、今、殺人犯と一緒にいることになってしまうのである。

亀井は、もう一度、時刻表を開いた。「おおぞら3号」が、特別な列車かどうか、知りたかったからである。

「おおぞら3号」が、時刻表に最初に出てくるのは、函館本線、室蘭本線、千歳線（下り）のページである。

特急「おおぞら3号」は、九時四〇分函館発で、終着の釧路には、一九時一五分着と出ている。

どこといって、他の特急列車と違わないように見えるが、小さな注意書きがあるのに気がついた。

(この列車で、苫小牧《とまこまい》方面から千歳空港―札幌《さっぽろ》間を途中下車しないで追分《おいわけ》以遠へ行く場合は、この区間の乗車券は必要ありません)

一度読んだだけでは、何のことかよくわからなかった。

首をひねりながら、次のページを開けた。

このページは、千歳線、室蘭本線、函館本線(上り)になっている。

ところが、このページにも、「おおぞら3号」の名前が出ているのだ。

(下りと、上りの両方に出ているというのはどういうことなのだろう?)

国鉄では、下り列車には、奇数ナンバー、上り列車には、偶数ナンバーをつけている。

新宿《しんじゅく》―松本《まつもと》間を走っているL特急「あずさ」についていえば、1、3、5、7、9、11、15、17、19、23号は下りであり、2、4、6、8、10―号は、上り列車である。

当然、「おおぞら3号」は、下り列車である。それなのに、上りのページにも出ているのは、なぜなのだろうか?

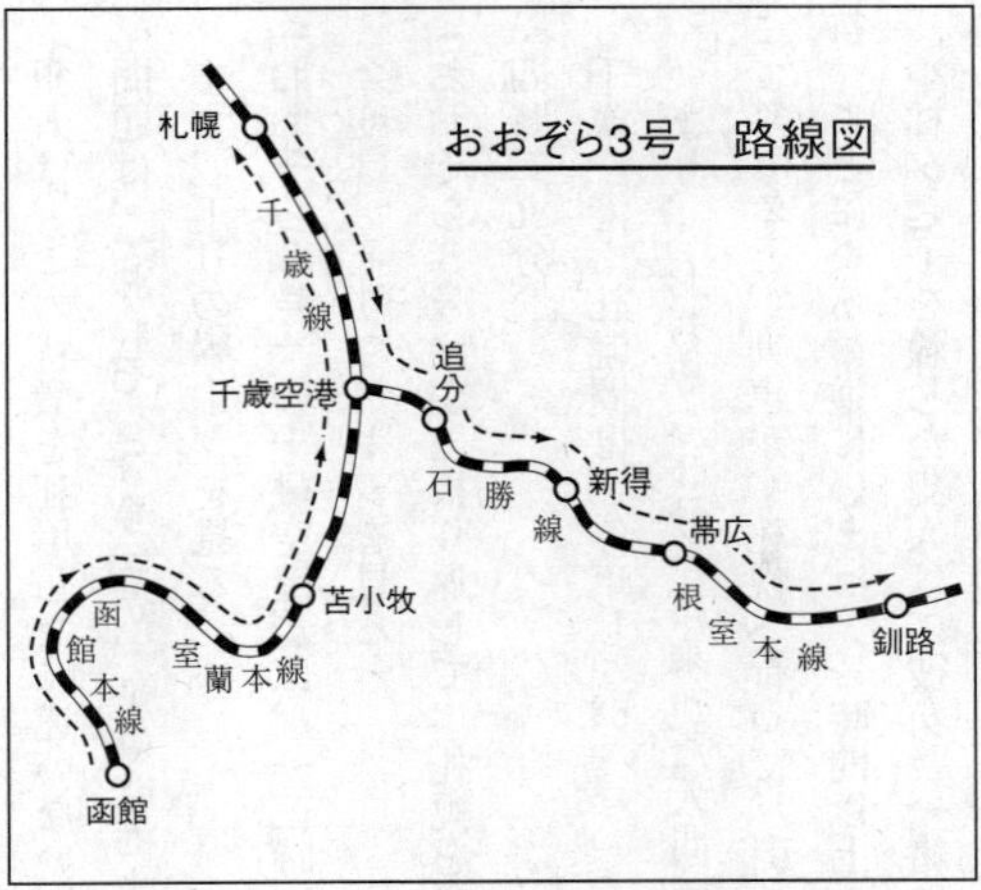

索引地図を見、時刻表の停車駅を一つ一つ追っていって、その謎は解けた。

簡単なことなのだ。

「おおぞら3号」は、苫小牧を通って、千歳空港へ向かうが、そこからすぐ、石勝線に入らず、いったん、札幌に向かう。

札幌に着くと、今度は、引き返して来て、千歳空港から、石勝線に入って、釧路へ向かうのである。

つまり、千歳空港―札幌間を、往復するのだ。

函館から、直接、釧路へ行く人にとっては、無駄な時間をついやされるわけである。

だから、途中下車しないで追分以遠へ行く場合は、この区間の乗車券は必要ありません、という注意書きが、必要になるわけである。

また、千歳空港と札幌の間を、「おおぞら3号」は、往復するわけだから、当然、上りと下りの両方のページに、のることになる。

(犯人は、この特徴を利用したに違いない)

問題は、「おおぞら3号」が、千歳空港―札幌間を、往復する所要時間である。

まず、下りのページを見る。

「おおぞら3号」の千歳空港着は、一三時一五分、札幌着一三時五〇分。

今度は、上りのページを見る。

「おおぞら3号」が、折り返して、札幌を発車するのが、一三時五六分で、千歳空港着は、一四時二九分。

千歳空港―札幌間は、停車しない。

つまり、「おおぞら3号」に乗った人間は、一三時一五分に千歳空港駅に到着して、ここで降りると、列車が、札幌へ行って、引き返して来るまでに、一時間十四分間、ここで待つことになる。逆にいえば、一時間以上の余裕があるわけである。

小林夕起子を殺した犯人は、彼女と一緒に、一三時四〇分に、モーテル「夢の城」に着き、彼女を殺している。

殺すのに、十分間かかったとしても、犯人は、一三時五〇分に、モーテルを、車で出発して、二十分後に、千歳空港駅に到着出来るはずである。

一四時一〇分に、駅に着けば、十九分後に着く「おおぞら3号」に、ゆうゆう乗り込めるのだ。

花井は、この方法を使ったのだと、亀井は思った。

「おおぞら3号」なら、釧路まで、この列車に乗りながら、千歳空港近くのモーテルで、殺人を犯せるのだ。

とすれば、花井は、典子を、アリバイ作りの証人に利用したことになる。彼女が八月二日には、ずっと、彼と一緒に「おおぞら3号」に乗っていたと証言したからこそ、亀井も、最初は、花井をシロと断定してしまったのだから。

問題は、花井が、いったん、千歳空港駅で降りたあと、モーテルで小林夕起子を殺して戻って来て、折り返して来た「おおぞら3号」に乗り込むまでの一時間十四分間、座席にいないことである。それを、典子に不審に思われたら、このトリックは成立しない。

亀井が、典子に電話したとき、彼女は、何もいっていなかった。上野から青森までの寝台特急の中で、よく眠れなかったといっていたから、問題の区間、典子は、眠っていたのかもしれない。いや、花井が、睡眠薬を与えて、眠らせた可能性がある。一時間十四分、眠らせなくてもいいのだ。十五、六分間だけ、トイレへ行っていたとでもいって、誤魔化《ごまか》せる。

それに、典子と花井は、恋人同士だ。典子は、花井が、殺人などやるはずがないと思っているだろう。

その典子が、今も、花井と一緒にいる！

10

「北海道へ行かせて下さい」

亀井は、十津川にいった。

十津川は、亀井の話を、じっと聞いていたが、

「さっき、道警のほうから、連絡があって、レンタカーが、千歳空港の駐車場で見つかったそうだよ。国鉄の駅とは、長さ二四三メートルの連絡橋で結ばれているだけだから、君のいうとおり、折り返して来た『おおぞら3号』に乗った可能性は強いね」

「犯人は、花井に間違いありません。姪は、知らずにいます。私が行って、助けてやらないと」

「道警に委せるというわけにはいかないのか？」

「いきません。道警を信用しないわけじゃありませんが――」

「北海道へ着いても、道警と協力して、花井を追う気はないんだろう？」

「それをしていては、間に合いません」

「しかし、それでは、正式に、君を北海道へやるわけにはいかんよ」

「わかっています。休暇をとって、個人として、北海道へ行きます」

「花井が犯人だという推理は、道警に伝えようか？」

「いや、それは、一日待っていただけませんか」

亀井は、堅い表情でいった。

「なぜだね？」

「花井は、姫を、アリバイ作りの道具に使いました。彼は、それに成功したと信じている間は、姫を殺さないでしょう。アリバイの証人ですから。しかし、失敗したとわかったときは、むしろ、危険な存在に見えてくるに違いありません。姫が、不自然だったことに気付く恐れがあるからです。だから、殺しかねません」

「そうだな」

と、十津川は、肯いた。証人をだまして作ったアリバイの場合、その証人は、諸刃《もろは》の剣である。

「君の推理は、聞かなかったことにしよう。すぐ、休暇届けを出したまえ」

「ありがとうございます」

亀井は、礼をいい、すぐ、三日間の休暇届けを出した。

三日のうちには、事件を解決したかったし、三日以上かかったときは、典子が、危険になるだろうという気があった。

亀井は、羽田空港に急いだ。

学校が夏休みに入っている時期で、北海道や、沖縄に向かう機は、どれも満席である。

それを、殺人事件の捜査ということで、予備の席を、提供してもらった。

典子と花井は、今日は、宗谷岬を見物し、稚内《わっかない》のホテルに泊まることになっていた。

一〇時五五分羽田発の東亜国内航空のA—300に乗ることが出来た。

一二時二五分に、千歳空港着。おかげで、ここから、稚内行きの日本近距離航空のYSに乗ることが出来た。

このYSは、一日一便だけで、千歳を一三時〇〇分に出発し、稚内空港に着くのは、一四時〇五分である。もちろん、こちらも、満席だった。

空港からは、国鉄の稚内駅まで、バスが出ている。

亀井は、そのバスに乗った。

稚内駅までは、二十五、六分である。太陽は強烈だが、さすがに、北海道の北端だけに、風は、さわやかである。気温も、二十五、六度だろう。

二階建ての稚内駅前でバスを降りた乗客からは、ノシャップ岬行きのバスに乗りかえる者が多い。

亀井は、彼らと別れて、典子たちが泊まることになっているホテルを探した。

稚内の町は、背後に、「氷雪の門」などの碑が多い広い稚内公園が、広がっている。駅から、その公園に向かって、二百メートルほど歩いたところに、ホテル稚内があった。

五階建てのかなり大きなホテルである。

亀井は、外の公衆電話から、そのホテルに電話をかけてみたが、花井と典子は、まだ、着いていないということだった。

亀井は、ホテルのロビーに入って行き、その横にある喫茶室で、コーヒーを頼んだ。

そこからだと、ホテルに入ってくる客の姿が、よく見えるからである。

五時半頃になって、典子が、花井と肩を並べるようにして、入って来た。

「やあ」

と、亀井は、わざと、明るく、二人に向かって、手をあげた。

典子は、びっくりした顔で、

「どうしたの？　叔父さん」

「ちょっと、稚内に用があってね、その用がすんでから、君が、ここに泊まることになっていたのを思い出してね」

亀井は、いいながら、花井の表情を窺《うかが》った。初対面のとき、典子が、亀井のことを、警視庁の刑事だと紹介しているから、亀井のことは、知っているはずである。

しかし、花井は、亀井を見て、微笑しただけだった。

「どんなご用だったんですか？」

と、花井が、きいた。

「プライベートな仕事でね。だから、休暇を貰って来たんだ。そうだ、ちょっと、この娘《こ》を借りるよ。両親に頼まれたことがあるんでね」

亀井は、強引にいい、典子だけを連れて、ホテルを出た。

「ママに、彼のことを、喋ってしまったの？」

歩きながら、典子が、きく。

「いや、約束だから、喋っていないよ」

「じゃあ、どんな伝言なの？」

「それは、口実なんだ。君と二人だけで話したくてね」

「彼に聞かれては、まずいことなの？」

「まあね」

「わからないわ。どんなことか教えて」

「八月二日に、君と花井は、函館から、釧路行きの『おおぞら3号』に乗ったんだったね？」

「ええ」

「よく思い出してほしいんだが、途中で、眠ったことがあったんじゃないのか？　そうだね。時間でいえば、午後一時から、二時頃にかけてなんだが」

「なぜ、そんなことを？」

「今、わけはいえないが、大事なことなんだよ」

「そうね」

典子は、しばらく考えていたが、

「お昼近くなって、彼が、車内の売店で、駅弁と、お茶を買ってきてくれたの。あの列車には、食堂車がついてないから。その食事のあと、眠ってしまったんだわ。前から、眠たかったんだけど」

「起きたのは何時頃だった？」

たから」
「列車は、石勝線に入っていたわ。雪害対策で作ったスノー・シェルターの中を走ってい

「石勝線か」

そうすると、札幌から折り返して、二度目に千歳空港駅に停車したあとである。

やはり、典子は、問題の時間、座席で、眠っていたのだ。いや、眠らされていたという

べきだろう。

花井は、「おおぞら3号」の時刻表を見て、綿密に、計算したに違いない。函館を出発

して、千歳空港に着く前に、十二時になる。

東室蘭の少し手前あたりだろう。そこで、車内で、駅弁とお茶を買ってきて、昼食にし

ようという。そのお茶の中に、睡眠薬を入れておけば、十五、六分後には、眠ってしまう。

つまり、問題の千歳空港―札幌の間を、「おおぞら3号」が往復する一時間十四分間を眠

らせておけるのだ。

「君が、眼をさましたとき、花井は、何といったんだ？」

と、亀井は、きいた。

「眼がさめたかい？　とかいったんだと思うけど、よく覚えてないわ。私が、今、どこと

きいたのは、はっきり覚えてるんだけど。そしたら、今、いったみたいに、もう石勝線に

入ってるって、彼が、教えてくれたの」

「君が、眼を覚ましたとき、花井は、妙な行動をとらなかったかね？」

「妙な行動って？」

典子は、眉《まゆ》を寄せて、亀井を見た。

「そうだね。やたらに汗を拭くとか、妙に機嫌が悪いとか、そういうことなんだが」

と、亀井は、いった。

花井が、犯人なら、モーテルで女を殺してから、車で千歳空港に戻り、駐車場に、車を置き、戻って来た「おおぞら３号」に乗った直後のはずである。

様子がおかしくても不思議はないと思って、きいたのだが、典子は、首をかしげて、

「さあ、気がつかなかったけど――」

「じゃあ、どんなことでもいい、君が、眼を覚ましてから、花井がとった行動を、全部、話してくれないか」

「何なの？　それ。彼に、何か問題があるの？」

「それは、あとで説明するよ。その前に、今の質問に答えてくれないか」

「そうねえ。何もなかったけど、眼やにのことぐらいかな」

「眼やに？」

「眼を覚ましてから、彼が、眼やにがついてるよっていったの。あわてて、洗面所へ、顔を洗いに行ったわ」

典子が、笑いながらいった。

「本当に、眼やにがついていたのかい？　どうも信じられないが」

「嘘だったみたい。でも、きっと、寝惚《ねぼ》けて変な顔をしていたから、眼やにがなんて、彼は、いったと思うのよ。ただ、顔を洗ってきたらといっても、私が、行かないと思ったんじゃないかな」

典子は、あくまで、花井の好意と受け取っているようだった。

（これは、花井と引き離すのが、大変だな）

と、亀井は、思った。

11

亀井は、まず、典子を、花井から引き離してから、彼を追い詰めたいと思っていた。それが、一番、安全な方法だと考えたからなのだが、典子が、彼を愛し続けていては、どうも、上手《うま》くいきそうにない。

亀井は、小林夕起子が、千歳空港から車で二十分のモーテルで殺されたこと、彼女が、花井と親しかったこと、花井が、犯人である可能性が強いことなどを、典子に話した。

「花井は、君をアリバイ作りの道具に利用したんだよ。彼は、間違いなく、殺人犯だ。自分を守るためには、君だって、殺すだろう。だから、君は、すぐ、東京に帰りなさい。私は、花井を、とっちめて、小林夕起子を殺したことを吐かせるつもりだ」

「そんなこと、信じられないわ」

「だが、八月二日に花井は『おおぞら3号』を利用して、小林夕起子を殺したんだ。君が、この列車に、ずっと一緒に乗っていたと証言するのを見越してね」

「信じられないわ」

「花井は、人殺しだよ」

「じゃあ、彼に、そういったら？　私も一緒に、彼が、何というか聞きたいわ」

「君は、いないほうがいい」

「いいえ。一緒にいます。私は、彼が、人殺しをしたなんて信じられないもの」

典子は、頑固にいった。

亀井は、肩をすくめた。

「いいさ。花井が、何というか、楽しみだな」

二人で、ホテルに戻ると、花井は、ロビーに待っていて、

「お話はすみましたか？」

と、亀井に、きいた。やはり、心配で、先に部屋に入ることが出来なかったのだろうと、
亀井は、思いながら、

「今度は、君に話がある」

「僕にですか？　僕たちは、真剣な交際をしています」

「そんなことじゃない」

「叔父さんは、あなたが、小林夕起子という女性を殺したと思ってるの」

と、横から、典子がいった。

「僕が、人殺しを？」

花井は、大げさに、驚いてみせた。

亀井は、花井と、小林夕起子が並んで写っている写真を、取り出して、テーブルの上に
置いた。

「この女を知らないとはいわせないぞ」

「知ってますよ」

と、花井は、肯き、ちらりと、典子に視線をやって、

「もちろん、典子さんと知り合う前のことで、僕は、べつに好きでもないのに、向こうで、勝手につきまとっていただけですよ。僕は迷惑していたんです」

「それで、殺したのかね？」

「とんでもない。僕は、人を殺すことなんか出来る人間じゃありませんよ。あの女は、惚《ほ》れっぽい性格でしてね。何人もの男とつき合っていたんです。容疑者は、ゴマンといるんじゃありませんか？」

「だがね。彼女は、自分の部屋に、その写真だけを飾っていたんだ。君に惚れていた。結婚を考えていたんだろう。それが邪魔になって、君は、彼女を殺したんだ。千歳空港近くのモーテルでだ。たぶん、君は、彼女に電話して、北海道へ呼び寄せたんだ。一緒に、北海道旅行をしようといってね。一〇時五〇分羽田発の全日空五七便に乗ること、千歳に着いたら、午後一時に、レンタカーを借りて、待っていることを、君は、指示した。君と一緒に北海道旅行が出来ると、有頂天になった彼女は、それが、罠《わな》だとは気がつかなかったんだ」

亀井は、喋っているとき、典子の顔色が一瞬、変わったのを、見逃さなかった。何か、彼女に、思い当たることがあったのだろう。

「ちょっと、待って下さい」

と、花井が、亀井の話を、遮《さえぎ》って、

「小林夕起子は、いつ殺されたんですか？」

「八月二日の午後一時四十分頃だ」

「それなら、僕には、アリバイがありますよ」

「わかってるよ。私の姪と、その頃は、函館から釧路に行く列車に乗っていたというんだろう？」

「そうです。『おおぞら3号』という特急に乗っていたことは、典子さんも知っていますよ。ずっと一緒に、その列車で、釧路まで行ったんですから。彼女にきいて下さい」

「もちろん、聞いたさ。最初は、まんまと、だまされて、君は、シロだと思ったよ。しかし、君は、『おおぞら3号』という特急列車の特殊性を、うまく利用したんだ。この列車が、釧路へ行く途中で、千歳空港駅と札幌駅の間を、往復することをだ。この往復に、一時間十四分かかる。君は、その時間を利用し、千歳空港駅で下車し、先に来て、レンタカーを借りて待っていた小林夕起子と、モーテルへ行き、絞殺したんだ。そして、同じ車で、千歳空港へ戻って来て、折り返して来た『おおぞら3号』に、何くわぬ顔で、乗り込んだんだ」

「しかし、亀井さん。そんなことをしたら、一緒にいる典子さんが、怪しみますよ。彼女は、僕が、千歳空港駅で、降りたり、乗ったりするのを見たとでもいってるんですか？」

「いや。その間、彼女は、寝ていたんだ。君に、睡眠薬を飲まされてな。君は、昼頃、車内で、駅弁と、お茶を買って、典子に渡した。そのお茶の中に、睡眠薬を入れたんだ」

亀井が、極《き》めつけるようにいった。が、花井は、その端整な顔に、軽い皮肉な笑いを浮かべて、

「証拠がありますか？」

12

「証拠？」

「そうです。証拠ですよ。今は、脅して、殺したといわせて、それで有罪に出来る時代じゃありませんよ。亀井さんは、警視庁の優秀な刑事さんだから、そのくらいのことは、よくご存じだと思いますが」

「あくまで、小林夕起子を殺してないというのかね？」

「もちろんですよ」

と、花井は、大きく肯いてから、

「あの列車の中で、典子さんが眠ったのは、確かに、そのとおりですよ。彼女は、強行軍で疲れていたし、上野から青森までの夜行列車の中では、よく眠れないようでしたからね。昼食がすんだあと、ぐっすり眠ってしまったとしても、べつに不思議はありませんよ。僕は、起こすのも気の毒だと思って、何もしなかったんです。彼女が、車内で眠ったからといって、その間、僕がいなかったということにはならないでしょう？　僕は、ずっと、『おおぞら3号』に乗っていたんですから。もし違うというのなら、その証拠を示してくれませんか」

と、攻撃してきた。

亀井は、言葉に窮して、一瞬、黙ってしまった。

確かに、花井が、モーテルで小林夕起子を殺すことが可能だったことは証明されたが、だからといって、花井が、八月二日の「おおぞら3号」から、途中で降りたという証明にはならないのだ。

何しろ、その間、連れの典子は、眠り続けていたのだから、隣りの席の花井が、いなかったことを証言できない。

夏休みなので、車内は混んでいたが、二人のいたグリーン車は、空席が多かったようだ。ほかの乗客を見つけ出して証言させるのも難しいし、ほかの席のことを注意しているような乗客がいるとも思えない。

亀井が、黙ってしまうと、花井は勝ち誇ったように、ニヤッと笑って、

「かまわなければ、これから、夕食をとりたいんですがね。君も一緒にどうだ」

と、典子に声をかけた。

「あんまり食べたくないわ」

典子がいうと、花井は、

「じゃあ、ここの地下にある食堂へ行っている。君も、あとから来たらいい」

といって、立ち上がった。

亀井は、ロビーに残った典子に、

「なぜ、一緒に行かなかったんだ？」

「ちょっと気になることがあったから」

と、典子が、いう。

「さっき、電話の話をしたら、君は、顔色が変わったね。何か、引っかかることがあったんだろう？」

「函館の駅で、『おおぞら3号』が出るのを待っている間、私は、ママに電話したんだけど、彼も、どこかに電話してたわ」

「それが、なぜ、引っかかったんだ？」

「遠距離へかけてたんだけど、両親は九州で、彼は、東京にひとり暮らしでしょう。役所へは休暇届けを出しているんだから、連絡する必要はないはずだしと考えたら、変な気がしたのよ」

「函館というと、午前九時三十分頃かな？」

「ええ、九時四〇分発だから、その頃だわ」

「たぶん、小林夕起子に電話したんだろうな。彼女は、羽田発一〇時五〇分の便に乗ったんだから、必ず行くように、念を押したんだと思うね」

「でも、彼が犯人だという証拠はないんでしょう？　彼が、『おおぞら3号』から、途中で降りて、女の人を殺したという証拠もないし――」

「いや、花井は、犯人だよ。その証拠も、確かにあるはずだ」

亀井は、じっと、考え込んだ。

犯人は、不自然な行動をとった。とすれば、どこかに、穴があいているはずなのだ。

「君が、眼を覚ましたとき、花井は、眼やにがついているといったんだったね？」

亀井は、確認するように、典子を見た。

「ええ。だから、あわてて、洗面所へ顔を洗いに行ったわ」

「つまり、眼やにがどうかということより、花井は、君を洗面所に行かせたかったんだ。何か、そうしなければならない理由があったことになる」

「でも、それは、おかしいわ。私は、起きたばかりで、ぼやっとしてたわ。もし、彼が犯人なら、しばらくは、ぼやっとさせておいたほうが都合がいいんじゃないかな。洗面所へ行って、冷たい水で顔を洗えば、すっきりしてしまうもの。だから、それを考えても、彼が、犯人とは思えないわ」

「確かに、犯人としては、おかしな行動だと思う」

「でしょう」

「だが、それにも拘《かかわ》らず、花井は、君を急いで洗面所へ行かせる必要があったんだ」

花井は、まんまと、小林夕起子の殺害に成功して、千歳空港駅に戻った。「おおぞら３号」が、札幌から折り返して来て、乗り込むと、計画したとおり、典子は、まだ、眠り続けている。

すべてが、上手《うま》くいったのだ。

こんなときには、動かずにいたほうがいいのに、彼は、眼を覚ました典子を、すぐ、洗面所へ行かせた。行かせる必要が起きたのだ。思わぬミスを発見して、それを、誤魔化すために、洗面所へ行かせたのだ。

洗面所へ行かせることが目的だったとは思えない。とすると、席を立たせることが、目的だったのではないか？

（だが、何のためだろうか？）

亀井は、また、考え込んでしまった。

花井は、もう一度、「おおぞら3号」に乗ったとき、自分のミスに気付いた。そのミスは、典子を、席から立たせなければ、おぎなえないことだったに違いない。

「おおぞら3号」は、札幌で折り返す。そこに、何か問題があったのではないのか？

（進行方向だ！）

札幌で、折り返せば、当然、列車の進行方向が逆になる。函館を出発するときの1号車が、札幌で折り返して、釧路へ向かうときに、最後尾にくるはずである。

（花井は、それを忘れていて、あわてたのではないか？）

進行方向が逆になれば、乗客の座る座席の方向も変わってくる。

函館を出発したとき、みんな、進行方向に向かって、腰かけている。このままでは、札幌で折り返したとき、乗客は、うしろ向きになってしまう。

「おおぞら3号」は、札幌に六分間停車するから、その間に、座席の向きをかえるのだろうが、典子は、よく眠っているから、かえられない。

花井は、殺人を了《お》えて、千歳空港駅で乗ったとき、それに気付いたのだ。グリーン車の座席が、全部、向きをかえているのに、典子の座っている席だけが、逆方向に向いていることに。

彼は、起きたばかりの典子を、洗面所に行かせ、その間に、あわてて、座席の向きをかえたのだ。

亀井は、ホテルの電話を借りて、札幌駅へかけ、こちらの希望する人間を呼んでもらった。そのあと、相手と、十五、六分喋ってから、満足して、受話器を置いた。

「一緒に、食堂へ行ってみよう」

と、亀井は、典子も誘って、地下におりて行った。

地下の食堂では、花井が、ひとりで夕食をとっていた。亀井は、典子と、その前に、腰を下ろした。

「何か注文して下さい。僕がおごりますよ」

と、花井がいうのへ、亀井は、首を横に振って、

「殺人犯からおごられるのは困るよ」

「まだ、そんなことをいっているんですか？　証拠はあるんですか？」

「明日の朝、八月二日の『おおぞら3号』の車掌長が、ここに来てくれる。道警本部の刑

事も来る。車掌長は、こう証言してくれたよ。八月二日の『おおぞら3号』が、札幌で折り返したとき、グリーン車の座席も、向きをかえた。進行方向が逆になったからだ。ところが、乗客の一人が眠っていて、その座席をかえることが出来ない。よく眠っていたので、そのままにしておいたが、気になったので、時々、のぞいていた。確か、背の高い男が一緒だったのに、その男がいない。トイレにしては、時間がかかりすぎると思っていたら、驚いたことに、その男は、千歳空港駅で乗ってきた。しかも、グリーン車に、直接、乗り込んで来たのではなく、先頭の車両に乗って、通路を歩いて来たといっている。車掌長は、そのことを、証言するといっているんだ。もちろん、君のことだ。君は、『おおぞら3号』という列車の特性を利用して、殺人計画を立てたが、札幌から折り返したとき、進行方向が逆になること、当然、座席の向きも変わることをうっかり忘れていたのが、致命傷だったな。車掌長だって、そうでなければ、グリーン車の一人の乗客のことを、注意して、見たりはしなかったろうからね」

死への旅「奥羽本線」

1

高見《たかみ》の会社は、土、日と週休二日制である。同じ課の矢野《やの》みどりと親しくなったのは、今年の秋に、若い社員だけで東京近郊の山にハイキングに出かけてからだった。この時、二人は仲間とはぐれてしまい、二人だけで山の中をさまよった。あとで、二人がしめし合せてかくれたのだろうと、仲間からひやかされたが、実際には、足のおそい二人が取り残されたのである。

しかし、おかげで高見とみどりは急速に親しくなり、結婚を約束するまでになった。

みどりは郷里が秋田である。両親もまだそこにいる。

「今度の休みに、久しぶりに秋田に帰って、あなたのことを両親に話してくるわ」

とみどりがいった。

「僕も行った方がいいかな？」

高見がきくと、みどりは首を振って、

「今度は、私だけがひとりで行って話したいの。両親の承諾が得られたら、お正月に一緒に来て」

「いいよ」

と高見がいった。

みどりは金曜日、会社が終ってから上野《うえの》駅に行き、その日の夜行列車に乗るといった。

「送りに行きたいんだが、金曜日は残業しなければならないんだ」

高見は申しわけなさそうにいった。

みどりは笑って、

「構わないわよ。おみやげ買ってくるわ」

「ひとりで大丈夫かな？」

「私はもう二十四歳よ。子供じゃありません」

とみどりはおかしそうに笑った。

高見は、金曜日は夜の十時近くまで、会社に残って仕事をした。係長になったので、仕事を放り出して、上野駅へみどりを見送りには行けなかった。

みどりは夜九時頃の夜行に乗り、秋田へ着くのは明日の朝だといっていた。

高見は何となく心配で、明日、秋田へ着いたら、必ず電話をくれと、みどりにいっておいた。

好きな相手が出来たということは確かに楽しいが、同時に苦しいことでもある。デイトのあと、彼女をタクシーに乗せると、そのタクシーが事故でも起こさないだろうかとか、運転手が途中で妙な気でも起こしはしないかと心配してしまう。

残業が終って自分のマンションに帰ってからも、高見はみどりのことが気がかりだった。乗った列車が事故でも起こさないかと、心配になる。

金曜日の夜、残業を終って自宅マンションに帰るとすぐテレビをつけたのは、そんな心配があったからである。

別にニュースでなくてもいい。国鉄で事故があったのなら、スーパーで画面に入ってくるだろう。

三十分ほど同じ番組を見ていたが、鉄道事故のニュースはなかった。

ほっとして、高見はベッドに寝転んだ。

とにかく、国鉄に事故がないとすれば、みどりの乗った列車は無事に走り続けているのだ。

今度は、彼女が秋田の実家に着いてからのことが、心配になって来た。

彼女は両親を説得する自信があるといっていたが、果してうまくいくだろうか？

田舎の両親だから頑固だろう。特に父親は、娘の結婚話を嫌がるものだと聞いたことがある。

それに、みどりには地元の大学にいっている妹がいるが、女二人の姉妹で兄や弟はいないから、両親としては地元の青年と結婚させたいと思っているに違いない。それも、婿を貰いたいだろう。

(どう考えても、おれはあまり有利じゃないな)

と高見は思った。

翌土曜日は、いつもならゆっくりと寝坊するのだが、みどりのことがあるので早く起きてしまった。

列車の名前を聞くのを忘れてしまったが、午後九時頃に上野を出る夜行列車で、秋田には翌朝着くといっていた。

高見はめったに見たことのない時刻表を取り出して、秋田行の夜行列車を調べてみた。

午後九時前後に上野を出て、秋田へ行く列車は何本かある。

上野発　秋田着
特急「あけぼの1号」　20：50→6：00（青森行）
〃「あけぼの3号」　22：00→7：05（青森行）
急行「おが」　21：20→8：26（男鹿《おが》行）

この三本のどれに乗ったにしろ、今朝の八時二十六分には秋田に着いている筈である。彼女の実家は秋田市内だから、おそくとも九時半には家に着くだろう。

パンと牛乳だけの朝食をすませた高見は、テレビを見ながらみどりからの電話を待った。

朝のニュースでも、国鉄の事故のことは一度もいわなかったから、全線、正常に動いているということだろう。

しかし九時を過ぎ、十時になっても、電話は鳴らなかった。

（おかしいな）

と思いながらも高見は、家に着いてすぐは彼女も、こちらに電話するわけにはいかないのだろうと考えた。

それにまた、両親を説得してイエスの知らせをしたいのだろうとも思った。

だが昼近くなっても、みどりからの電話はかかって来なかった。

2

電話が鳴ったのは午後六時過ぎである。

窓の外はもう暗くなっている。高見は電灯をつけるのを忘れていた。明りをつけてから受話器を取った。

「そちら、高見さんですか?」

若い女の声がきいた。

一瞬、みどりと思い、

「おそいんで心配したよ」

というと、相手は当惑したように、

「あの――」

「みどりさんじゃないの?」

「はい。妹のかおるです」

と相手はいった。そういわれれば、声がよく似ているが、どこか違っていた。

「みどりさんは、そちらで病気にでもなってしまったんですか？」

それ以外に妹が電話してくる理由がわからなくてきくと、妹のかおるは、

「いいえ。姉はまだ、こちらに着いていないんです。それで、高見さんにきけば何かわかるかと思って」

「よく僕の電話番号が、わかりましたね？　姉さんから聞いていたんですか？」

「高見さんの名前は、時々、聞いていました。それで、東京の電話局で調べてみたんです」

「なるほど。しかし、みどりさんがそちらへ着いていないというのは、おかしいですね。昨日の夜行に乗ったんですから、今日の朝には着いていなければいけないんですよ」

「ええ。姉も昨日電話してきたときは、明日の朝、着くといっていたんです」

「どうしたのかな。急用が出来て、昨夜、乗れなかったんだろうか？」

「それならそれで、電話してくると思うんです」

「確かにそうですね」

「それに、姉のアパートに電話してみたんですけど、いませんでしたわ。両親も心配しているんです。どうしたらいいでしょうか？」

「ひょっとすると、何か理由があって、昨日の列車に乗れなくなったのかも知れません。

調べてみますから、そちらの電話番号を教えて下さい」

高見は秋田の家の電話番号をメモしてから、マンションを飛び出した。

とにかく、四谷《よつや》三丁目の彼女のアパートに行ってみることにした。

国鉄では事故は起きていないのだから、上野で乗っていれば、秋田に着いている筈《はず》なのだ。

とすれば、何か乗れない理由があったに違いない。それも、電話連絡できないようなことがである。

急病で、救急車で運ばれたということも考えられる。

高見は自分の車で四谷三丁目に行き、彼女のアパートに着くと、お互いに交換して持っていたカギで部屋に入った。

八畳一間だが、若い女性らしいきれいに整理された部屋である。

彼女の匂《にお》いがする。が、人の気配は全くなかった。

部屋全体が冷え冷えとしているところをみると、昨日、列車に乗らずにこの部屋に戻ってきて過ごしたということは、なさそうである。

管理人室に行ってきいてみたが、昨夜から今朝にかけて、救急車が来たこともないという返事だった。

高見は彼女の部屋へ戻って、考え込んでしまった。

金曜日、みどりは五時に会社を出た筈である。

いったんここへ帰ってから上野駅へ向ったのか、それは面倒なので、東京駅前の会社から直接、上野へ行ったのかも、高見は知らなかった。

とにかく、みどりは秋田に着いていないのだ。

どこで行方不明になったか、調べなければならない。

(昨日、仕事なんか放り出して、彼女を上野駅へ送って行けばよかった)

と思ったが、今更どうしようもなかった。

まず、上野まで行ったのかどうか、調べなければと思った。

みどりには親しくしていた女友だちがいる。会社の同僚である。

高見は自宅に戻ると、会社の職員録を取り出した。彼女たちに、片っ端から電話をかけてみた。

連休なので、どこかへ旅行に出かけてしまっている者もいたりして、三人目にかけた井《い》上《うえ》冴《さえ》子《こ》がやっと電話口に出てくれた。

「矢野君のことで聞きたいんだがね。昨日、彼女は、上野から実家のある秋田へ出かけた筈なんだが、そのことで何か知らないかな?」

「彼女、どうかしたんですか？」

「いや、何でもないんだが、昨日、見送りに来てくれといわれていたのに、残業で行かれなかったものだからね」

高見はあいまいないい方をしたが、冴子は別にきき直したりせずに、

「昨日、私は彼女と上野へ一緒に行きましたわ」

「それ、本当かい？」

「ええ、私も不忍池《しのばずのいけ》の近くの親戚に行く用があったんで、一緒に上野まで行ったんです」

「何時に会社を出たの？」

「五時に終ってからですわ」

「上野に着いたのは、何時頃？」

「確か、六時頃じゃなかったかな。彼女が時間があるというので、上野の駅前の喫茶店で、ケーキを食べながらおしゃべりをしたんです。係長さんのことも、彼女から聞きましたわ。結婚なさるんですってね。おめでとうございます」

「どうも。それでその喫茶店には、何時頃までいたの？」

「ずいぶん、おしゃべりしてましたわ。八時半になって、彼女がそろそろ駅へ行くというので、店を出たんです。だから二時間半もいたんだわ」

冴子は自分でびっくりしている。

「八時半に店を出たのは、間違いないんだね？」

「ええ。彼女が腕時計を見ていったんだから、間違いありませんわ」

「それからすぐ上野駅へ、彼女は行ったんだね？」

「ええ。横断歩道を渡って、彼女は駅に入って行き、私は不忍池の親戚の家に行きましたわ」

「くどいようだけど、矢野君は駅の構内へ入って行ったんだね？」

「ええ。駅の入口のところで、手を振って別れたんですわ」

「彼女は何時の列車に乗ったかわからないかね？」

「寝台車でゆっくり眠って行くんだといってましたけど、何時の列車かはききませんでしたわ。彼女、どうかしたんですか？」

「いや、何でもないんだ。どうもありがとう」

高見は電話を切った。

井上冴子が嘘《うそ》をついていなければ、みどりは昨日、間違いなく上野へ行ったのだし、冴子が嘘をつくとは思えなかった。冴子は人の好い女だし、みどりとは仲よしだったからである。

上野駅前の喫茶店で、八時半まで冴子とおしゃべりをして、時間をつぶした。ということは、もう何時発かの列車の切符を買って、持っていたということだろう。

そして冴子と別れて、駅に入って行った。

となると、駅の構内に入ったのは八時三十五、六分の筈である。

それから夜行列車へ乗ったとすると、まず二〇時五〇分発の特急「あけぼの1号」が考えられる。

それに乗ったのだろうか？

高見が考えていると、電話が鳴った。

受話器を取ると、秋田の矢野かおるだった。

「姉のこと、何かわかりましたか？」

とかおるは緊張した声できいた。

秋田にはまだ帰っていないらしい。

「いろいろと調べているんですが、上野駅へ行ったことははっきりしました。会社の友だちと上野へ行き、八時半にその娘《こ》と別れて、駅に入ったそうです」

「じゃあ、列車に乗ったことは間違いありませんのね？」

「と思いますが、確証はありません。みどりさんは、そちらへ何時に着くと、あなたにいったんですか？」

「それが、わからないんです」

「何時に着く列車なのか、きかなかったんですか？」

「電話できいたんですけど、教えてくれませんでしたわ」

「それはおかしいな」

と高見は呟《つぶや》いてから、

「実はね、僕も今になって、何時の列車か聞いておけばよかったと思っているんです。しかし一緒に上野まで行った友だちにも、みどりさんは何時の列車かいわなかったし、妹のあなたにもいわなかったというのは、何か理由があったんじゃないだろうか？」

「私にいわなかった理由は、はっきりしていますわ」

「何です？」

「姉は気持が優しいんです。だから、列車が朝早く着くとわかって、私が駅に迎えに行くのを気の毒がって、教えなかったんだと思いますわ」

「なるほどね。僕は上野を二〇時五〇分に出発する特急『あけぼの1号』に乗ったと見ているんですが、確かに、この列車が秋田に着くのは午前六時と早いですね」

「姉が私にいわなかった理由は、他には考えられませんわ」

「そうですね」

「私、今日待っていても、姉が帰って来なかったら、東京へ行く積りなんです。その時は、一緒に姉を探して下さいません？」

「いいですよ」

「では、明日、上野駅に着いたらお電話しますわ」

3

電話が切れると、高見は考え込んでしまった。

妹のかおるには気を使って、どの列車で行くか知らせなかったのかも知れない。しかし高見や冴子には、なぜいわなかったのだろうか。

高見の場合は、どうせ見送りに行けないのできかなかったのだが、いつものみどりなら、そんな時でも自分の乗る列車のことを喋《しゃべ》った筈である。

（わからないな）

高見は行き詰って、首を振った。

彼女がいわなかったことが、彼女が消えてしまったことと関係があるのだろうか？　蒸発ということも考えてみた。

しかしみどりに、身を隠さなければならない理由があったとは思えない。

誘拐《ゆうかい》されたのだろうか？

しかし、それなら犯人からの要求が、秋田の実家か高見のところに来ていなければならないが、それがない。

すでに夜の十時を回っている。

深夜のテレビのニュースを見たが、列車事故のニュースも、矢野みどりの名前もなかった。

明日の日曜日は、みどりの顔写真を持って上野駅へ行き、駅員に、彼女を見なかったかきいてみようかと思ったりもした。みどりはかなり派手な顔立ちだから、ひょっとして、彼女が列車に乗るのを見た駅員がいるかも知れない。

翌日の日曜日の午前九時を回った頃、電話がかかった。

「私です。今、上野駅に着きました」

と矢野かおるの声がいった。

昨夜の二三時二六分秋田発の特急「あけぼの6号」に乗ったのだという。

「夜の十一時まで待ったんですけど、姉が帰って来ないので、来てしまいました」

「すぐ迎えに行きます」

と高見はいった。

目印を決めておいて、高見は上野駅へ行ったが、目印を決める必要もなかったほど、かおるは姉によく似ていた。

ただ違っていることといえば、姉のみどりの方が、東京での生活で服装が洗練され、派手な感じだったことくらいである。

「食事はまだですか？」

高見は、彼女のスーツケースを持ってやりながらきいた。

「ええ」

「それなら丁度いい。僕もまだなので、一緒に食べましょう。そのあとで、お姉さんのアパートに案内しますよ」

上野駅を出て、公園方面に少し歩いたところにあるレストランで、高見はかおると遅い朝食をとった。

「姉はどこへ行ってしまったんでしょう？」

かおるは大きな眼で高見を見た。

みどりも同じように大きな眼だが、年齢のせいか、もっと色気を感じさせる。

「僕にも全くわからないんですよ。最後に会った時は、別におかしいところは何もありませんでしたからね。上野駅まで一緒に行った友だちも、何も変なところはなかったといっているんです。強いて彼女らしくないところといえば、僕やその友だちに、乗る列車の時刻をいわなかったことぐらいです」

「何か事件に巻き込まれたんでしょうか？」

「それも考えてみましたがね、金曜日の夜、上野駅で何か事件があったというニュースはなかったし、あの日、午後八時半以後に上野駅を出て秋田に行く列車は何本もありますが、どの列車も事故を起こしていないんです」

「それでは、姉は自分の意志で、姿を消したんでしょうか？」

「わかりませんが、そんなことはないと思っています。彼女は僕との結婚の許可を貰うために、秋田へ行こうとしていたんですからね。他へ行く筈がないんです」

高見はそういったあとで、ふと小さな疑惑が胸をかすめるのを覚えた。

高見は何度もみどりにプロポーズしていた。

美しく魅力的な彼女が好きだったこともあるが、他の男に彼女をとられるのが嫌だったからでもある。彼女は否定していたが、高見の他に何人か、ボーイフレンドがいるという噂《うわさ》を聞いていた。

みどりは高見が結婚してくれというたびに、そんなに急がなくてもとはぐらかすようないい方をしていたのだが、今度は彼女の方から、突然、結婚するといい、両親の許可を得るために秋田へ行って来るといったのである。

高見は嬉しくて、突然の彼女の申し出を疑ってもみなかったのだが、こうなってみると、なぜだろうかという疑問もわいてくる。

「そろそろ行きましょうか」

高見は疑惑を打ち消すように、かおるに声をかけた。

がかおるは、その声が聞こえなかったみたいに、一点を凝視している。

「どうしたんですか？」

「あれッ」

とかおるは、店の隅におかれたテレビを指さした。

高見はあわてて振り向いた。

ボリュームを小さくしてあるので、アナウンサーの声が聞こえなかったのだ。

画面に川が映っている。

〈二十四、五歳の女性の死体〉

という字が出ていた。

高見はテレビのところへ行って、音を大きくした。

とたんにアナウンサーの声が耳を打った。

——今朝早く、鬼怒川《きぬがわ》の土手をジョギングしていた宇都宮《うつのみや》市のサラリーマン吉川晋市《よしかわしんいち》さん四十九歳が、柳田大橋《やなぎだおおはし》の上流約二キロのところで、川岸に流れついている若い女性の死体を発見し、警察に届け出ました。警察の調べによると、この女性は死後二十四時間以上経過しており、年齢二十四、五歳、身長百六十三センチ、体重は五十キロ。ピンクのワンピースの上に白いコートを羽おっています。警察は、他殺、事故死の両面から調査する模様です。

「彼女だ！」

と高見は叫んだ。

みどりはピンクのワンピースに、白いコートを羽おっていたからである。

4

「宇都宮へ行ってみましょう」

高見は蒼《あお》ざめた顔で、かおるにいった。

「やっぱり姉さんなんですか？」

かおるも蒼い顔できいた。

「彼女は金曜日に、ピンクのワンピースの上に白のコートを羽おっていたんです。別人ならいいんですが、とにかく行ってみましょう」

「ええ」

二人はレストランを出た。

「新幹線の方が早く着くと思いますよ」

高見は東北新幹線の宇都宮までの切符を買い、新幹線リレー号に乗った。

二人とも、車内では黙り込んでいた。

高見は、テレビの女がみどりでないことを祈りながらも、心のどこかで彼女に違いないという気持も持っていた。

大宮《おおみや》からは、一二時発の「やまびこ21号」に乗った。

宇都宮に着いたのは一二時三一分である。

列車の中で押し黙っていたかおるが、ホームに降りてから初めて、

「どこへ行けばいいんでしょうか？」

といった。

「テレビでは警察が調べているといっていましたからね。まず警察へ行ってみましょう」

高見は一緒に新幹線の改札口を出ると、タクシーを拾って栃木県警察本部へ行って貰った。

県警察本部は市内の八幡山《はちまんやま》公園の傍にあった。県庁の隣りである。

受付けで、高見は自分とかおるの名前をいい、鬼怒川で見つかった女性の死体のことで来たといった。

「私の姉かも知れないんです」

とかおるもいった。

受付けの警官はじっとかおるの顔を見て、

「矢野かおるさんでしたね？」

「はい」

「矢野みどりさんは、あなたのお姉さんですか？」

「はい、そうですけど」

と肯《うなず》いてから、かおるは顔色を変えて、

「やっぱり姉だったんですか？」

「とにかく、こちらへ来て下さい」

受付けの警官は、高見とかおるを奥へ連れて行った。

そこで、大西《おおにし》という四十五、六歳の部長刑事に紹介された。

大西は「まあ、お座り下さい」と、高見たちに椅子をすすめてから、

「鬼怒川で見つかった女性の遺体を知っているということでしたね？」

と改めてきいた。

「矢野みどりという名前ということですが？」

高見はきき返した。

「そうです。現場近くを探してみたら、ハンドバッグが川の中から見つかりましてね。中を調べたところ、運転免許証が入っていましてね。写真から、本人のものに間違いないとわかったわけです」

大西は机の引き出しから一枚の運転免許証を取り出して、高見とかおるの前に置いた。

かおるはそれをひと目見て、急に泣き出した。

「間違いありませんか?」

と大西がきく。

「ええ。彼女のものです」

高見が答えた。

みどりは時々、友人の車を借りて運転していた。

「そうですか。お気の毒です」

大西は軽く頭を下げた。

かおるが嗚咽《おえつ》しているので、高見が、

「それで、遺体はどこにありますか?」

「病院に運んであります」

「何のためにですか?」

「他殺の疑いが強いので、解剖の必要があるからです」

「すると彼女は、誰かに殺されたというわけですか?」

高見がきき、その言葉でかおるが顔をあげた。

「その可能性があるということです。身体に外傷がありましてね。それが殴打されてついたものか、或いは橋から転落したときについたものかわからないのです。前者なら殺人ですし、後者なら事故死ということになります」

「姉の遺体に会わせて下さい」

かおるが泣きはらした顔で大西部長刑事を見た。

5

パトカーで病院へ行き、高見とかおるは変り果てたみどりの遺体と再会した。

二十四時間以上、水に浸《つか》っていたようだということで、皮膚は変色してしまい、指先はふやけた感じになっていた。

顔にも打撲傷があった。

「鬼怒川は増水していましてね。それでかなり流されたものと思っています。解剖すれば、死因や死亡時刻などもわかると思うのです」

と大西はいった。

かおるが解剖に同意してから、今度は死体の発見された場所へ案内された。

大西がいった通り、鬼怒川は増水していて、濁りながら流れていた。

土手の上に立って、大西が説明した。

「あそこに杭《くい》を打ってあるところが見えるでしょう。あの辺りが澱《よど》みになっていましてね。遺体が杭に引っかかっているのを発見したんです。ハンドバッグは、五、六十メートル下流で見つかりました」

「上流から流されたといいましたね？」

高見が川面に眼をやってきいた。

「そうです。ここから三キロほど上流に、国道四号線にかかる鬼怒川橋があります。そこから誤って落ちたのか、或いは突き落とされたかのいずれかだと思っています」

「三キロも上流からですか」

「他に近い橋はありませんから」

と大西部長刑事は冷淡な口調でいってから、

「お二人にききますが、みどりさんは金曜日の夜、上野から秋田行の夜行列車に乗られたんじゃありませんか？」

「ええ」

と高見はびっくりして、

「なぜそう思われたんですか？」

「ではもう一度、県警本部に戻って下さい」

大西がいい、二人はまたパトカーに乗り、県警本部に戻った。

大西は二人の前に、濡れたハンドバッグや中身を並べて見せた。

「これもハンドバッグの中に入っていたんですが、濡れてちぎれかけていましてね。そっと乾かしたわけです」

大西は一枚の切符を見せた。

「金曜日の二〇時五〇分上野発の『あけぼの1号』の寝台乗車券です。行先は秋田までで、5号車の下段の寝台になっています。これに乗ることになっていたんですか？」

「確かに、金曜日の夜行列車で秋田に行くことになっていました。間違いありません」

と高見がいった。

午後八時半に上野駅に入ったとすれば、八時五十分の「あけぼの1号」にはゆっくりと間に合う。

「でもそれなら、なぜ姉はあんなところで死んでいたんでしょうか？」

かおるが当然の疑問を口にした。

「私にもわかりませんが、何かの理由で途中下車して、鬼怒川まで行き、自分で落ちたか、或いは突き落とされたかだと思いますね」

「『あけぼの1号』の宇都宮着は、何時ですか？」

高見がきくと、大西は手帳を開いて、

「私もそれを調べてみましたよ。『あけぼの1号』の宇都宮着は二二時一六分で、二分停車ですね」

「午後十時十六分ですか」

その時間なら、まだ宇都宮駅で乗り降りする人間は何人もいるだろう。

だが秋田まで行くつもりの人間が、なぜ宇都宮で途中下車したのだろうか？

高見にはわからないし、かおるにも見当がつかないという。

明日になれば解剖結果がわかるというので、二人は宇都宮市内のホテルに泊ることにした。シングルルームに入った高見は、なかなか眠れなかった。

みどりは死んでしまったのだ。胸に風が吹き抜けていく寂しさと同時に、なぜ彼女が、宇都宮で途中下車したのだろうかという疑問が、高見を眠らせないのだ。

確かに乗ったのだろうか？　そうだとしたら、途中下車しなければならないほど大事な用事だったのか。

夜が明け、九時を過ぎて階下の食堂におりて行くと、かおるも朱《あか》い眼をしてやって来た。

「まだ、姉が死んだなんて信じられないんです」

とかおるがいう。

「僕もです」

食事をすませたあと、二人はもう一度、県警本部に大西部長刑事を訪ねた。

「解剖結果がわかりましたよ」

大西は眼を輝かせて二人にいった。

「それで、どうなったんですか？」

「やはり、他殺です。肺に水が入っていませんから、水に落ちる前にすでに死亡していたんです」

「そうですか。殺されたんですか」

「死亡推定時刻は、午後十時から十一時までの間です。『あけぼの1号』の宇都宮着が、昨日いいましたように午後十時十六分ですから、ぴったり一致することになります。宇都宮で途中下車して鬼怒川まで行き、殺されたことになります。増水していなければすぐ発見されたでしょうが、増水のため水に巻き込まれ、下流へ流されたんだと思いますね。犯人は恐らく同じ列車に乗っていて、何か理由をつけてみどりさんを宇都宮でおろし、鬼怒川のほとりまで連れて行って殴り殺したうえ、川に突き落としたんです」

「誰が、誰が姉を殺したんでしょうか？」

かおるがきいた。

「そのことで、お二人に協力して頂きたいのですよ」

大西は高見とかおるを、見比べるように見た。

二人が黙っていると大西は、

「みどりさんが、誰かに命を狙《ねら》われているといったようなことを、口にしたことはありませんか？」

「いいえ」

「僕も聞いていませんよ」

とかおると高見がいった。

「では、みどりさんを恨んでいる人間に、心当りはありませんか？」

「姉は他人《ひと》に恨まれるような人間じゃありませんわ」

かおるが言下に否定した。

「あなたはどうですか」

と大西が高見にきいた。

「心当りはありませんが、僕は彼女の全部を知っているわけじゃありませんから」

「あなたは、みどりさんと結婚することになっていたんでしたね？」

「ええ。彼女はその許しを両親から貰うために、秋田の実家へ帰るところだったんです」

「なるほど。そんな大事な旅だったわけですか。しかし、そうだとすると、もし彼女に惚《ほ》れていた男がいれば、その男としては、どうしても妨害したいと考えるでしょうね」

（そんな男がいたのだろうか？）

高見は暗い眼付きになった。

「みどりさんは、東京にお住いでしたね？」

「ええ」

「その部屋を拝見したいですね。何か犯人につながるものが、見つかるかも知れません」

と大西がいった。

大西ともう一人、三沢《みさわ》という若い刑事が、高見たちと一緒に東京にやって来て、みどりのアパートを調べることになった。

二人の刑事が、八畳一間の部屋を隅から隅まで、入念に調べている間、高見とかおるは廊下で眺めていた。

高見は、自分の知らないみどりの姿が見つかるのが怖かったし、同時に見つかってくれなければ困るとも思った。見つからなければ、彼女を殺した犯人も見つからないからである。

「ちょっと来て下さい」

大西が呼んだ。

高見とかおるが入って行くと、大西は一通の封書を二人に見せた。

東京の上北沢《かみきたざわ》の住所と、藤沢卓也《ふじさわたくや》という名前の書かれた封書だった。

「この名前に心当りはありませんか?」

と大西がきいた。

「僕はありませんね」

高見がいい、かおるも首を横に振った。

「手紙を読んでみましょう」

大西は中身の便箋《びんせん》を取り出して、低い声で読んだ。

〈お前はおれのものだ。おれを捨てて他の男のところに行くことは、絶対に許さん。そんな真似《まね》をしたら、お前を殺してやる〉

「これは、明らかに脅迫状だな」

と大西は呟いてから、

「この藤沢卓也という名前に心当りはありませんか？」

と高見にきいた。

「いや。知りません」

「では、あなたに隠してつき合っていたということですかね」

「そんなことはないと思うんですが――」

高見は急に、自信がなくなってくるのを感じた。

高見が親しくなる前、みどりに何人ものボーイフレンドがいたことは知っていた。彼等のことをなるべく考えないようにしていたのも事実だし、みどりも自分と親しくなってからは、他の男とのつき合いはなかったと信じていたのである。

彼等の一人が、みどりのことを諦《あきら》め切れずに、執拗《しつよう》につきまとっていたということなのだろうか？

（困っていたのなら、なぜ相談してくれなかったのか）

と高見は、それが口惜しかった。

まだこの男がみどりを殺したと決ったわけではないが、今度の秋田行にそんな無理があったのなら、どんなことをしてでも一緒に行くのだったと、それが悔まれてならない。

「この男に会いに行きましょう」

と大西がいった。

「ええ。行きましょう」

高見が勢込んでいうと、大西は釘を刺すように、

「どんな話になっても、カッとして相手に乱暴はしないで下さいよ。話をきくのはわれわれがしますからね」

6

東京の地理にあまりくわしくないという二人の刑事を、高見は上北沢へ案内した。

京王《けいおう》線の上北沢駅から二十分近く歩いたところにある小さな家に、藤沢という男はひとりで住んでいた。

三十歳ぐらいの、眼つきの鋭い男だった。

グラフィックデザインの仕事をしているといい、部屋には自分が描いたという何枚ものデザイン画が飾ってあった。

大西がまず、例の手紙を藤沢に見せた。

藤沢はちらりと見てから、すぐ高見やかおるに眼を向けて、

「この人たちも警察の方ですか？」

「いや、この人たちは亡くなった矢野みどりさんの関係者です。それより、その手紙はあなたが書いたものですね？」

大西が鋭い声でいった。

「まあ、僕が書いたものですよ。それがどうしました？　私信を勝手に読んでいいんですかね？」

「殺人事件ですから許して下さい。そこには殺してやると書いてありますね。本気でそう思って、書いたんですか？」

「もちろん、冗談ですよ。冗談に決っているじゃありませんか」

藤沢は笑って手を振った。

「しかし、それにしてはきつい言葉が並んでいますね。それに、消印は一週間前だ。その脅迫状が届いてすぐ、矢野みどりさんは殺された。金曜日の夜はどこでどうしていたか、教えて下さい」

大西がいうと、藤沢はニヤッと笑った。

「アリバイというわけですか」

「まあ、そんなところです」

「金曜日ね。確か仲間と、浅草田原町《あさくさたわらまち》の天ぷら屋で一緒に食事をしましたよ。仲間の一人がデザインコンクールで優勝したので、ささやかなお祝いをやったわけです。店の名前は『丸天』です。夕方の六時から始めましたよ」

「何時までその店にいたんですか？」

「九時までです。九時でその店が閉まるんですよ。それでまあ、僕たちは追い出されたわけです」

「そのあとは？」

「僕は徹夜でやらなきゃならない仕事があったので、家に帰りましたよ。他の連中は新《しん》宿《じゅく》辺りへ行って、飲み直したみたいですがね」

「コンクールに優勝した人の名前は？」

「青山徹《あおやまとおる》。二十九歳の将来有望なデザイナーですよ」

「上野から、特急『あけぼの1号』に乗ったことはありませんか？」

「いや、全くありませんよ」

「彼女とはどんな関係なんだ？」

高見が激しい口調でいった。

藤沢はじろりと高見を睨《にら》み返した。

「六本木《ろっぽんぎ》で飲んでいたら、彼女が来たんだ。退屈そうにしてたから、つき合ってやったのさ。会社の男は型にはまっていて、退屈だっていっていたよ。僕みたいな自由人と付き合うのが楽しいってね。ところがどんな心境の変化か知らないが、その退屈な会社の男と結婚するんだといい出した」

「それで、手紙で脅したのか？」

「まあ、からかったという方が合ってるさ。殺したりはしないよ。僕には他にも女はいるからね」

7

高見が藤沢といい合いになりかけるのを大西が止めて、四人は外へ出た。

「あいつがみどりを殺したに決っていますよ」

まだ興奮さめやらぬ顔で、高見が大西にいった。

「それはわれわれが調べますから、あなたと矢野さんはその結果を待って下さい」

「調べるって、どうやるんです？」

「藤沢のアリバイを調べるんです。彼は金曜日の夜、仲間と午後九時まで浅草にいたといっている。それが本当かどうかをね」

「一緒に行っちゃいけませんか?」

「こういう調査は、われわれに委《まか》せて下さい」

「しかし、浅草を知ってますか?」

高見がいうと、大西は笑って、

「浅草ぐらい知ってますよ。それに、警視庁の協力も仰ぐつもりでいます」

といった。

高見は仕方なく、かおるをみどりのアパートまで送って行った。

「ごめんなさい」

とその途中でかおるがいった。

「何がですか?」

「姉が、あなたの望んでいたような人じゃなかったみたいで――」

「いや、それだけ彼女が魅力的だったということでしょう」

と高見はいった。

半分は嘘だった。藤沢のような男と付き合っていたことがわかったのは、決して快くはない。それは多分、しばらくの間、高見の心にわだかまりとなって残るだろう。

かおると別れて自分のマンションに帰ってから、高見はじっと考え込んだ。明日も仕事をする気になれないから、休暇願を出しておこう。

高見には、あの藤沢という男がみどりを殺したとしか思えない。

自分の女だと思っていたみどりが、急に会社の人間と結婚するといったので、脅迫状を出した。が、それでもいうことをきかないので、殺したのだ。

大西部長刑事から連絡があったのは、翌日になってからだった。

「どうも、藤沢という男はシロですね」

と大西は電話でいった。

「なぜ彼がシロなんですか?」

「アリバイがあるからですよ。金曜日の夜、浅草の『丸天』という天ぷら屋で仲間五人と、午後九時まで食事をして飲んでいたことが、はっきりしたからです。店の主人も、九時になったので、申しわけなかったが帰って貰ったと証言しているんです」

「その時まで彼がいたんですか?」

「いましたよ。藤沢が店の料金を払っているんです。いいですか、矢野みどりさんは、二〇時五〇分上野発の『あけぼの1号』に乗っている。そしてなぜか宇都宮で途中下車して、鬼怒川の河原へ行き、殺されたうえ、川の中に投げ込まれたんです。午後九時というと二十一時です。二十一時に浅草にいた藤沢は、『あけぼの1号』には乗れないんです」

「東北新幹線で追いかければ、追いつけるんじゃありませんか？　宇都宮へ先廻り出来るんじゃありませんか？」

高見がきくと、大西は笑って、

「そのくらいのことは調べましたよ。警視庁の亀井という刑事も一緒に調べてくれましたが、駄目なんです。東北新幹線の最終列車は二一時五〇分大宮発で、これに乗ると、宇都宮に二二時〇四分に着きます。『あけぼの1号』の宇都宮着は二二時一六分だから、先廻り出来ます。しかしこの列車に乗るためには、上野を二〇時四七分発の新幹線リレー号に乗って、大宮へ行かなければならないんですよ。二十一時に浅草にいた藤沢は、このリレー号には乗れないんですよ」

「それなら、浅草から直接、大宮へ車を飛ばしたらどうですか？」

「それも調べましたよ。週休二日制が増えて、金曜日の夜は東京の町は交通渋滞がひどい。四、五十分で浅草から大宮までタクシーで行くことは、とうてい無理ですよ。藤沢はシロです」

「しかし――」

「われわれも残念ですが、アリバイがあってはどうしようもありません。私と三沢刑事は宇都宮へ戻って、もう一度、現場附近の聞き込みをやってみます。そうだ、何か気付いたことがあったら、警視庁の亀井という刑事に連絡して下さい。今日一緒に調べてくれた人です」

それだけいうと、大西は電話を切ってしまった。

高見は新宿の喫茶店でかおるに会って、大西からの電話の内容を伝えた。

「それじゃあ、誰が姉を殺したんでしょうか？」

かおるは朱い眼で高見を見上げた。昨夜はよく眠れなかったのだろう。

「僕は今でも、藤沢という男が犯人だと思っているんです。他には考えられない」

「でも、アリバイがあるんでしょう？」

「大西刑事はそういっていましたが、浅草で宴会をやったというのが、引っかかるんです」

「なぜですか？」

「そうだ、あなたは東京のことにくわしくなかったんだな。浅草と上野とは目と鼻の近さなんです。地下鉄で五、六分の距離ですよ。金曜日にそんなところで宴会をやったというのが、どうしても引っかかるんですよ。第一、彼の家は上北沢だ。新宿や渋谷《しぶや》の方が近いんです。わざわざ浅草まで行ったというのが、おかしい」

「でも、九時に店を出たとすると、『あけぼの1号』には乗れないんでしょう?」

「そうです。絶対に乗れない」

「それでは、アリバイは完璧じゃありませんか。私もあの人が怪しいとは思いますけど」

「ちょっと待って下さい」

高見は急に腕を組んで考え込んでしまった。

かおるはじっと高見を見ている。

「僕たちは、最初から欺《だま》されていたのかも知れない」

と高見はいった。

「欺されたって、どんなことですの?」

「みどりさんは、本当は『あけぼの1号』には乗っていなかったんじゃないだろうか?」

「でも、列車の切符が――」

「それで欺されたのかも知れませんよ。『あけぼの1号』の切符を持っていたから、それに乗っていたと思い込んでしまった。しかしみどりさんは、殺されてから鬼怒川に投げ込まれたんです。犯人は前もって『あけぼの1号』の切符を買っておいて、それをハンドバッグの中に入れておいたということだって、考えられるんです。実際には、もっとあとの列車に乗っていたんじゃないか。それなら午後九時に浅草にいても乗れますからね」

「ええ」

「時刻表を持って来ます」

高見はレジのところに行き、時刻表を借りて戻ると、かおると二人でページを繰ってみた。

秋田方面行の奥羽《おうう》本線のページを見た。

「あけぼの1号」のあとにも、何本か夜行列車が出ている。

○急行「おが」　上野発二一時二〇分
　　　　　　　宇都宮着二二時五八分
○特急「あけぼの3号」上野発二三時〇〇分
　　　　　　　宇都宮着二三時二六分
○特急「あけぼの5号」上野発二三時二四分
　　　　　　　宇都宮着二三時五四分

これ以後にも列車はあるが、遅すぎる。

「この列車になら、その男は浅草に九時にいても乗れますよ。本当はみどりさんも、このどれかに乗っていたのかも知れない。そして藤沢は、何か理由をつけてみどりさんを宇都宮で降ろし、車で鬼怒川まで行き、殺して川に投げ込んだんですよ。列車の切符をすりかえてです」

「でも、それをどうやって証明したらいいんでしょうか？」

「警視庁の亀井という刑事に相談しましょう。大西さんがそういっていましたからね」

高見はかおると二人で、地下鉄で桜田門の警視庁へ行った。

受付けで話をすると、すぐ亀井という刑事を呼んでくれた。

四十五、六歳の平凡な男で、一瞬、この刑事が頼りになるだろうかと、高見は疑問に思ったくらいだった。

亀井は如才なく二人を応接室へ案内してから、

「君たちのことは、向うの大西さんから聞いている。大変なことだったね」

「藤沢という男のことは聞きましたか？」

「ああ、脅迫状の主だろう。しかし大西さんの話では、その男には完全なアリバイがあるということだったが」

「それは、みどりさんが『あけぼの1号』に乗っていたとしてなんです。別の列車に乗っていたら、アリバイは崩れるんです」

高見はかおると二人で考えたことを、亀井に説明した。

亀井は、「なるほどねえ。なかなか面白いよ」と、小さく言葉にして肯きながら聞いていたが、話が終ると急に、

「ちょっと失礼する」

といって応接室を出て行った。

「どうしたのかしら？」

かおるは怪訝《けげん》そうに高見を見た。

「わからないな。僕の話が馬鹿げていたのかな？」

高見はちょっと心配になって来た。

何しろ相手はプロである。高見の推理が馬鹿げて見えたのだろうか。
十二、三分して、亀井は地図を持って戻って来た。
テーブルの上に広げると、宇都宮周辺の地図である。

北から南へ流れる鬼怒川に赤い×印が二つついていて、1、2のナンバーが振ってあった。

「1は矢野みどりさんの死体が発見された場所、2はハンドバッグが見つかった場所だ。大西さんが印をつけていってくれたんだが、君たちの推理には問題がある」

と亀井が二人にいった。

「どんなことですか?」

「死亡時刻だよ。解剖の結果、死亡推定時刻は午後十時から十一時までの一時間だ。犯人は宇都宮でみどりさんをおろし、車で鬼怒川へ運んだことは間違いない。その点は同意するだろう?」

「はい」

「宇都宮の駅でおろした時は、彼女はまだ生きていた。死体を列車からおろして、担いで駅を出たとは思えないからね」

「それはわかります」

「ところでと——」

と亀井は時刻表のページを繰っていたが、

「いいかね。『あけぼの1号』のあとの列車というと、次は急行の『おが』で、その次が特急の『あけぼの3号』だ。それぞれ宇都宮へ着く時刻は、二二時五八分と二三時二六分だ。十時五十八分と十一時二十六分ということだ」

「あッ」

と高見は声をあげた。

自分の推理に酔ってしまい、肝心のことを無視してしまっていたのだ。

亀井は微笑した。

「どうやら、君にもわかったらしいね。『あけぼの3号』の場合は、宇都宮に着いたとき、すでに死亡推定時刻を二十六分間も過ぎてしまっている。『おが』は辛うじて二分前に着くが、ホームにおり、改札口を通って車に乗せるまでに、十二、三分はかかってしまうだろう。死亡推定時刻をオーバーしてしまう」

「じゃあ、僕の推理は間違っていたんでしょうか?」

「必ずしも間違っているとはいい切れないよ。犯人が車を運転できれば、違ってくる」

「といいますと?」

「宇都宮でおりたのでは、今いったように死亡推定時刻をオーバーしてしまう。そこで、その前の大宮でおろして車に乗せる。或いは上野から乗ったと見せかけて、車に乗せて鬼怒川まで運んでもいい。自分の車でもレンタカーでも、或いは盗んだ車でもいい。タクシー以外ならね。例えば大宮は、『おが』で二一時四七分、『あけぼの3号』が二二時二五分だから大丈夫だ。車に乗せてすぐ殺してしまう。死体は鬼怒川まで運ぶ。これなら死亡推定時刻の範囲だ」

「じゃあ、それですよ。そうに決っています」

「問題は今もいったように、藤沢が車を運転できるかどうかだ。タクシーの中で、まさか殺人は出来ないからね」

と亀井はいってから、

「すぐ、藤沢という男が車を運転できるかどうか、調べよう」

8

結果は芳《かんば》しくなかった。

藤沢は免許を取っていなかったし、車も持っていないことがわかった。

友人たちの話では、車を動かしたこともないということだった。

「まずいことになった」

亀井は、応接室に待たせておいた高見とかおるにいった。

「じゃあ、あの男は犯人じゃないんですか？」

高見が無念そうに亀井を見た。

「藤沢はタクシーを利用するしかないんだ。そうなると、時間的に間に合わないんです」

「彼女は午後八時三十分に、上野駅にいたことは間違いないんです。藤沢が駅に待っていて、脅してその場からタクシーに乗せ、鬼怒川までぶっ飛ばしたらどうですか？　八時半から十一時まで二時間半ありますから、何とか鬼怒川まで行けるんじゃありませんか？」

「鬼怒川の下流なら、ひょっとすると可能かも知れないが、1の地点より上流でなければいけないんだよ。上野駅から車で三時間はかかるといっているよ。しかも当日は金曜日で、交通が渋滞していたんだ」

「共犯がいて、その人が車の運転が出来ればいいんでしょう？」

かおるが、そういって亀井を見た。

亀井は首をすくめて、

「殺人の共犯がいたら、犯人はそんな面倒くさい殺し方はしませんよ」

「じゃあ、どうしても駄目なんですか？」

「藤沢という男が犯人だとすると、上野発二〇時五〇分の『あけぼの1号』に被害者と一緒に乗り、宇都宮でおろしてタクシーに乗せたとしか考えられない。鬼怒川に着いたところでタクシーからおろして殺し、川に投げ込んだ。『あけぼの1号』の宇都宮着が二二時一六分、十時十六分だから、ゆっくり間に合うんだよ。大西さんの話では、宇都宮から現場まで三十分あれば車で行けるし、その上流でも四十分あれば大丈夫ということだ」

「しかし亀井さん、藤沢はその『あけぼの1号』に、乗ることが出来ないんですよ。九時まで浅草にいましたからね」

高見は口惜しそうにいった。

「それでは、藤沢以外に犯人がいるということになるね」

亀井は冷静にいった。

高見とかおるは、がっかりして警視庁を出た。

「少し歩きたいんですけど」

とかおるがいった。

二人は皇居のお堀のところにある並木道を歩いた。

時々、ジョギングをしている人が、二人の横を追い越して行く。

「藤沢を捕えられたと思ったんですがねえ」

高見は吐息をついた。

かおるは黙って歩いていたが、急に立ち止まった。

「列車から突き落としたのかも知れないわ」

「え？」

「亀井刑事さんが見せてくれた地図なんですけど、国鉄の線路が、宇都宮駅を出てから鬼怒川を渡っていましたわ。しかも、姉の死体が見つかったところより上流で、ですね。だから列車が鉄橋を通過中に、ドアを開けて突き落としたとは考えられません？　それなら宇都宮でわざわざおろして、タクシーに乗せる必要はありませんわ」

「実は僕も同じことを考えてみたんですがね」

「駄目なんですか？」

「残念ながら駄目です。昔の列車のドアは手で開けられましたが、今は自動です。手で開けられないんですよ。そうでしょう？　無理に開けようとすれば非常ブレーキが効いて、列車は鉄橋の上で停車してしまいます。金曜日に鬼怒川の鉄橋で停まってしまった列車は、ないんです」

「駄目なんですか――」

かおるは声を落としてしまった。

亀井は藤沢以外に犯人がいるだろうといったが、高見とかおるはみどりの部屋を調べて、そんな人間の存在は感じられなかったのである。

みどりを殺したいと思っていた人間は、藤沢以外には考えられないのだ。

（あのヘボ刑事！）

と高見は腹が立った。

彼の推理の欠陥を指摘したのはやはりプロだと感心したが、藤沢が駄目なら他に犯人がいるだろうと、無責任なことをいっていた。

こちらは、藤沢以外に犯人が考えられないから苦しんでいるのにである。

「あのヘボ刑事！」

と今度は、声に出していった。

かおるはもう一日、東京にいてみるというので、彼女をみどりのアパートに送っていった。

そのあと口惜しさをまぎらわせようと、新宿で飲んだ。

したたかに酔ってマンションに帰り、ベッドに転がった。すでに午前二時に近かった。

服を着たままベッドで眠ってしまった。

電話のベルで、高見は眼を開けた。二日酔いで頭が痛い。

手を伸ばして受話器を取った。顔をしかめながら、「もしもし」と呼んだ。

「高見さんだね？」

「あんたは誰です？」

「警視庁の亀井だ」

「ああ。藤沢以外に容疑者が見つかったんですか？」

「いや」

「それならもう少し寝かせて下さいよ。二日酔いで頭ががんがんするんだ」

「もう昼すぎだよ」

「そんなことどうでもいいでしょう。僕がすぐ起きたからって、犯人が捕まるわけでもないんだから」

「ご機嫌ななめだねえ」

と亀井は笑ってから、

「今日の午後八時半に上野駅へ来たまえ。被害者の妹さんも連れて来るといい。八時半だ。おくれないようにね」

「そうするとどうなるんですか？」

「多分、今度の事件が解決する」

「どうやってですか？」

「とにかく八時半に来たまえ」

亀井は電話を切ってしまった。

9

どうなるのかわからないままに高見はかおるを誘い、一緒に夕食をすませてから、八時半少し前に上野駅に着いた。

亀井は先に来ていた。

「やあ、来たね」

亀井はニコニコ笑いながら二人を迎えた。

「本当に、事件は解決するんですか?」

半信半疑で高見がきいた。

「ああ、解決する」

「犯人は誰だったんですか?」

とかおるがきいた。

「犯人は藤沢だ」

「でも、昨日は——?」

「あれからいろいろと考えたのさ。藤沢は午後六時に、浅草の天ぷら屋で仲間と集った。

彼はその前に上野に寄って、『あけぼの1号』の秋田までの切符を買っておいた。みどりさんに持たせるためです。もちろん、一応、改札口を通ってハサミを入れておくか、形をまねて鋏《はさみ》で切っておいたと思う。九時に別れてから上野へ来て、待っていたみどりさんと列車に乗った」

「どの列車ですか？」

「二一時二〇分発の急行『おが』だ」

「なぜその列車だとわかるんですか？」

不思議に思って高見がきくと、

「この列車でなければ駄目なんだよ」

「時間がですか？　しかし『おが』も、宇都宮には二二時五八分着で、タクシーで運んだんでは間に合わなかったんじゃなかったですか？」

「いや。時間は問題ではなく、この『おが』という列車の構造にあるんだ。それを国鉄に問い合せて確かめた。今日、実際に乗ってみて、推理しようと思っているんだよ」

「どんな特殊な構造ですか？」

「それは乗ってみればわかるさ。急行『おが』の切符を三枚、買っておいた」

亀井は秋田までの寝台券を取り出して、高見とかおるに渡した。

午後九時を過ぎてから、三人は改札口を入った。

十五番線に、急行『おが』はすでに入っていた。

ブルーの車体は普通のブルートレインである。違うところといえば、寝台車五両と自由席三両の編成で、全てが寝台ではないということだが、それが亀井のいう構造上の特殊性とは思えなかった。

三人は六両目のB寝台に乗り込んだ。

寝台はもうセットしてあったが、高見もかおるも横になる気にはなれず、ベッドに腰を下している。

亀井は二人に向い合って腰を下すと、煙草《たばこ》に火をつけた。

定刻の二一時二〇分に、EF65型電気機関車に牽引されて、急行「おが」は上野を出発した。

窓の外は、上野のネオンや灯が流れ去って行く。

「どこといって、変ったところのない列車だと思いますがね」

高見はわからないという顔で亀井にいった。

「宇都宮まで行ったらわかってくるよ。ところでそこへ行くまでに、今度の事件をおさらいしておこう」

亀井は落着いて煙草の灰を落とした。

「犯人は藤沢だ。午後九時に浅草の天ぷら屋を出た藤沢は、地下鉄で上野に向った。五、六分で着くから、二一時二〇分発のこの列車に乗ることが可能だ」

「それはわかります」

「多分、藤沢はみどりさんを脅して、この列車に乗せたんだと思うね。彼女は高見君、君と結婚する気になって、秋田の両親に会いに行くことにした。それを知った藤沢はみどりさんを脅迫した。あの手紙がそれを示している。だが彼女の気持は変らなかった。そこで藤沢は、急行『おが』でどこそこまで行くから、一緒に乗ってそこまで行って欲しい。そうしたらいさぎよく別れるといったんだと思う。それでみどりさんは、この列車で秋田へ行くことにしたんだろう。君に乗る列車をいわなかったのは、藤沢が一緒に乗るからだろう」

「そのあと、奴はどうしたんですか？」

「藤沢は、みどりさんを殺しても自分は疑われない方法を考えた。そのカギがこの急行『おが』だったんだよ。この列車がなかったら、絶対にうまくいかなかったね」

「そこを説明して下さい」

「藤沢は、鬼怒川でみどりさんの死体が発見されるようにしたかった。しかも、ハンドバッグの中に特急『あけぼの1号』の切符が入っている形でだよ。だから前もって、その切符を買っておいたんだ。そうしておいて、急行『おが』に乗ったのさ」

「そこまではわかります。しかし、ひょっとすると、実際には次か次の次の列車に乗ったんじゃないかと考えますよ。そうなれば、折角、九時まで浅草にいたアリバイ工作がふいになってしまうでしょう？ そのくらいのことは藤沢も考えたと思いますが」

「そうだ。だからそのために、死体は鬼怒川で発見されなければならないんだ。事実、みどりさんの死体は、二十四時間も水に浸っていて発見された。しかし、その時間はどうでもいいんだ。鬼怒川で発見されることが大事だったんだよ。突き落としたところから、少しでも下流ならいいんだ」

「それとこの列車は、どういう関係があるんですか？ この列車の宇都宮着が二二時五八分。おりてタクシーで、鬼怒川に行ったら、間に合いませんよ。車で三十分近くかかると思いますからね」

「そうさ。藤沢は車を使ったんじゃないんだ」

「じゃあ、どうやって？」

10

「急行『おが』は、宇都宮を出て、七、八分すると、鬼怒川にかかる鉄橋をわたる。鬼怒川橋梁《きょうりょう》だ。列車がわたっている時、藤沢はみどりさんを鬼怒川に突き落としたんだ。その前にすでに殺しておいてね。死体を投げ落としたといってもいい。死体は鉄橋にぶつかってから川に落ちたから、外傷が多かったんだ。一緒に『あけぼの1号』の切符を入れたハンドバッグも投げ捨てておく。もちろん、『おが』の切符は抜き取ってだ。川は水量が豊かだったから、藤沢の目算どおり下流に流れてから発見された」

「ちょっと待って下さいよ」

「なんだ？」

「鉄橋から落とすというのは、昨日、かおるさんが考えました」

「それで？」

「しかし、すぐ駄目だと気がつきましたよ。今の列車は自動ドアだから、手では開けられませんよ。無理に開けようとすれば、急ブレーキがかかってしまいますよ」

「果してそうかな？」

「どういうことですか？」

「まあ、宇都宮を出てから試してみよう」

と亀井はいった。

宇都宮着が二二時五八分。五分停車で、急行「おが」は発車した。

「デッキに行ってみよう」

と亀井はいった。

三人はデッキに出た。

「少し下っていたまえ」

と亀井はいい、自分はドアの方へ行った。

列車が鉄橋をわたり始めた時、亀井はドアに手をかけて引っ張った。

ドアが開き、冷たい風が吹き込んできた。

「開くんですか？」

と高見が大声を出した。

亀井は、また手でぴしゃりとドアを閉めてから、

「ドアのところを見てみたまえ」

という。

高見が見ると、ドアの中央に「手であけて下さい」と書かれていて、その下に更に、

「このとってを引いてドアをあけて下さい」

と説明してあった。

「手で開くんですか」

「この列車の20系に限って、ドアは手で開けられるんだ」

「でも、それでは走行中に、誰かがいたずらして開けたりして、危険だと思いますけど」

かおるがきいた。

亀井は微笑した。

「その点は大丈夫ですよ。車掌室に鎖錠スイッチというのがあって、それを動かさなければドアは開かないんです。駅に着くと、車掌室で鎖錠スイッチを切る。そうすると、乗客がドアを手で開けておりるわけです。自動ドアになれた人がこの列車に乗ると、駅に着いてもドアが開くのをじっと待っているそうですよ。発車する時は、車掌が全部のドアが閉まっているのを確認してから、車掌室の鎖錠スイッチを入れる、そうすればもう手で開けられない。だから走行中は安全というわけです」

「でも、今、亀井さんは手で開けたわ」

「実は車掌さんに頼んで、一分間だけ鎖錠スイッチを外して貰ったんです。だからもう開

きませんよ」

亀井はドアを引っ張って見せた。確かに今度はびくともしない。

「でも、あの日、藤沢は手でドアを開けたんでしょう？　どうやって鉄橋を通過中に開けたんですか？」

かおるがきいた。

「それについて、今日の午前中、上野車掌区に電話してきいてみたんです。面白い話を聞きました。事件当日、列車が宇都宮を出てすぐ、車掌室にサングラスをかけた若い男が顔を出して、隣りの車両で子供が苦しんでいるから、すぐ来てくれといったそうです。車掌はあわてて隣りの車両に見に行った。サングラスの男は、もちろん藤沢だった筈です。からになった車掌室に入って、鎖錠スイッチを外したんです。そうしておいて、ドアを一つ、手で開けて、みどりさんの死体を鬼怒川に投げたんです。自動ドアじゃないから、鎖錠スイッチを外しても、他のドアは閉まったままだから危険はない。藤沢は素早くドアを元通りに閉め、車掌室の鎖錠スイッチを入れておいた。その間、二、三分しかかからなかったと思いますね」

「しかし、子供の病気は嘘だったんでしょうから、すぐおかしいと気付かれてしまうんじゃないんですか？」

高見は首をかしげた。

「いや、隣りの車両で、子供が本当に腹痛を起こして、苦しんでいたんだよ」

「そんなに都合よく腹痛の子供が出ますかね？」

「もちろん藤沢がやったのさ。方法は簡単だよ。子供の好きそうなジュースかミルクに、少量の劇薬を混ぜておいて、それをあげたんだと思う。喜んで飲んだ子供はたちまち腹痛を起こすが、実は少量だから、間もなく治ってしまう。だから問題にならなかったんだよ」

「そうですか」

「これで藤沢は、犯人と決ったな」

亀井は満足そうにいった。

亀井は腕時計を見た。

「次は西那須野《にしなすの》か。私はその次の黒磯《くろいそ》でおりて、東京へ引き返す。すぐ藤沢を、殺人罪で逮捕したいからね」

「もう十一時過ぎですよ。そんな時間に上野に引き返す列車があるんですか？」

心配して高見がきくと、亀井は笑って、

「そこはちゃんと調べておいたよ。この列車は二三時四七分に黒磯に着く。上野へ行く上り列車は、一番早いのが急行『ざおう62号』で、これは午前二時〇四分に黒磯に着くんだ。これに乗れば四時五二分に上野へ着くよ」

「しかし、二時間以上、黒磯駅で待たなければなりませんよ。大変ですよ」

高見が心配していうと、亀井が手を振って、

「殺人事件が一つ片付いたんだ。二時間くらいは喜んで待つよ」

「私はどうしたらいいんですか?」

かおるがきいた。

「あなたはまっすぐ、この列車で秋田へ帰って、お姉さんの霊前に犯人が逮捕されたと報告なさい。この列車が秋田に着くのが午前八時二六分だから、それまでには間違いなく、藤沢は逮捕されていますからね」

「僕はどうしたらいいですか? 亀井さんと一緒に黒磯でおりて、東京に戻りましょうか?」

「馬鹿なことをいいなさんな」

と亀井は笑った。

「どうしてですか?」

「姉を失ったばかりで心細くて仕方がないかおるさんを、ひとりで秋田まで帰すつもりな

のかね？　私は君が当然、送って行くものと思ったから二枚、秋田までの切符を買って、君と彼女に渡したんだよ」

「しかし――」

「会社もあと一日ぐらい休んでもいいんだろう？」

「それはそうですが――」

「そうだ。秋田の地酒を買って来てくれないか」

亀井はそういい、列車が西那須野を通り、黒磯駅に着くと、二人に向って軽く手をあげただけで、人の気配のないホームにさっさとおりて行った。

ＡＴＣ作動せず（Ｌ特急「わかしお」殺人事件）

1

列車が、御宿《おんじゅく》に着くと、海水浴に来たらしい家族連れや、若者たちが、だらだらと、降りて行った。

御宿は、ホームが一つしかない小さな駅だが、海水浴場として昔から有名で、夏場になると、一日の乗降客が、二倍以上にふくれあがる。

L特急「わかしお7号」も、沢山の海水浴客を、ここで降し、身軽くなって、発車した。

外房《そとぼう》線（千葉—安房鴨川《あわかもがわ》）を走るL特急「わかしお」は、九両編成で、グリーン車両が一両、連結されている。

そのグリーン車両も、かなり空《す》いてきた。

次の停車駅は、勝浦《かつうら》である。

左手の車窓には、太平洋の青い景色が広がっている。

突然、三人の男が、グリーン車に、入って来た。

全員が、三十歳前後だが、異様に見えたのは、その表情だった。

引きつったような顔で、眼が、異様に、ぎらぎらしている。

三人は、車両の中ほどに、並んで腰かけている男女に向って、まっすぐ、突き進んだ。

勝浦が近づいてきて、列車のスピードが、おそくなる。

「おい。浜寺《はまでら》！」

と、三人の中の一人が、押し殺した声で、若い女と一緒にいた五十歳くらいの男に、いった。

女の腰に手を置いて、その柔らかい感触を愛《いとお》しんでいた男は、ぎょっとして、顔をあげた。

列車が、ホームに入った。

男の一人が、拳銃を取り出して、その銃口を、浜寺と呼ばれた五十歳ぐらいの男に、ぴたりと、向けた。

浜寺と一緒にいた若い女が、「止《や》めて！」と、叫んだ。

列車が、停まった。

「助けてくれ！」

と、浜寺が、声をふるわせた。

「死ね！」

拳銃を持った男が、引金をひいた。

銃声が、車内にひびき、浜寺の胸から、どっと、血が吹き出した。

もう一発射った。

浜寺が、呻《うめ》き声をあげ、床に、転がった。

「逃げろ！」

と、一人が、甲高《かんだか》く叫び、三人は、ドアに向って、突進した。

しかし、銃声と一緒に、グリーン車の乗客が、悲鳴をあげながら、一斉に立ちあがり、前後のドアに、殺到していた。

狭いドアは、乗客で、詰ってしまっている。

三人の男たちは、乗客を一人、二人と、押しのけ、蹴倒して、ホームに降りようとするのだが、十五、六人の乗客が壁になって、動きがとれない。

いらだった三人の中の一人が、拳銃を取り出し、天井に向けて、射った。

また、悲鳴が起きた。

「どけ！」

と、男たちが、怒鳴《どな》る。

その時、ドアが閉まり、列車は、動き出してしまった。

列車のスピードが、どんどん、あがってくる。

「くそ！」

と、三人の中の一人が、舌打ちし、デッキにいる乗客の顔を、睨《にら》みつけた。

「中に入れ！」

もう一人が、拳銃で、乗客を脅《おど》した。

不運にも、勝浦で、降りそこなった乗客たちは、拳銃に怯《おび》えて、車内に引き返した。

「どうするんだ？」

と、三人の一人が、血走った眼で、仲間に問いかけた。

「次の駅で降りればいいよ」

一番年長に見える男が、いうと、三人目が、

「馬鹿なことをいうな。勝浦のホームで、駅員が、おれたちを見てたぞ。それに、逃げた乗客が、駅員に知らせたさ。もう、全部の駅に、電話で知らせが、いっちまってるよ。次

の駅で、逃げるどころか、ドアが開いたら、警官が待ち構えていて、どっと、乗り込んで来るかも知れん」

「どうするんだ?」

一番若く見える男が、いらだって、拳銃の先で、デッキの壁を叩いた。

「何よりも、次の駅で、停車させないことだ。走っている限り、捕まることはないからな。その間に、どうやって、逃げるか、考えるんだ」

「浜寺を射ち殺して、次の駅で逃げれば簡単だといったのは、誰なんだ!」

「ちょっと、タイミングが悪かっただけだよ。それより、間もなく、次の駅だぞ。一人が、最後尾の車掌室を押さえろ。あとの二人で、運転室を押さえる」

年長者が、さすがに、落着いていった。

「非常ブレーキで、列車をとめて、逃げた方が、いいんじゃないか?」

もう一人が、きいた。

「駄目だ。下手なところに停車してしまったら、逃げられなくなる。今は、この列車を占領して、走らせるんだ」

2

次の上総興津《かずさおきつ》駅のホームには、近くの派出所から、警官が二人駈《か》けつけていた。特急「わかしお7号」のグリーン車内で、拳銃を持った三人の男が、暴れているという連絡で、駈けつけたのである。

乗客一人を射ったともいうし、射たれたのは、十人近く、車内は、血の海だともいう。はっきりしないが、拳銃は、本当らしい。

それだけに、二人の警官は、拳銃を、手に持ち、緊張した顔で、「わかしお7号」を待ち受けた。

この駅も夏だけ、海水浴客が沢山おりるということで、普通は、民間委託駅で、正式の駅員は、いない。

「わかしお7号」の姿が見えて来た。

二人の警官は、グリーン車の停車位置へ行って、列車が、停車するのを待った。

だが、九両編成の「わかしお7号」は、轟音《ごうおん》を立てて、通過してしまった。

外房線の終点、安房鴨川駅では、駅長の立花《たちばな》が、困惑していた。

拳銃を持った三人組の男が、「わかしお7号」を占領して、疾走させているという知らせが、あった。

駅前交番から、二人の警官が、来てくれている。

間もなく、あと二名の警官が、駈けつけてくれる筈だった。

「わかしお7号」の安房鴨川着は、十二時十九分だが、ノンストップで、列車を走らせているようだから、十二時には、着いてしまうかも知れない。

問題は、この駅が、外房線の終点だということである。

ここへ来たら、拳銃を持った三人は、どうする気なのだろうか。

駅長事務室の電話が鳴った。

「安房鴨川です」

と、駅長の立花は、いった。

「こちらは、総合指令所です」

男の声が、いった。

「間もなく、『わかしお7号』が来ます。どうしたら、いいですか？」

と、立花は、きいた。

「犯人は、ノンストップで、列車を走らせ続けろと、いって来ています。そうしなければ、車内の乗客を殺すというのです。賊は三人で、拳銃の他に、手榴弾《しゅりゅうだん》も持っています」

「ノンストップで走らせろといわれても、外房線は、ここで、終りですから」

「しかし、安房鴨川は、同時に、内房《うちぼう》線の始発駅でもあるでしょう。前は、千葉県の海岸を循環する列車が、走っていたんです。『わかしお7号』が近づいたら、そのまま、停車させずに、内房線の線路に入れて下さい」

「いいんですか？」

「今のところ、それ以外に、方法はありませんよ。そのあと、警察とも相談して、対処します」

「内房線を走っている他の列車を、どうするんです？」

「それは、何とか、こちらが待避させます。あなたは、すぐ、外房線と、内房線を、つないで下さい」

と、相手は、いった。

十二時丁度に、特急「わかしお7号」が、姿を見せた。

すでに、外房線の線路は、内房線のそれと、つないであった。

「わかしお7号」は、轟音《ごうおん》を立てて、ホームに入って来ると、スピードを、ほとんど落とさずに、突き進んで行った。

「ふうッ」

と、立花は、溜息《ためいき》をついたあと、駅員に、総合指令所と、次の駅に、電話しておいてくれと、いった。

通過した「わかしお7号」は、見る見るうちに、遠ざかり、やがて、消えてしまった。

立花には、まるで、映画の一シーンを見ている感じで、現実の気がしなかった。

昭和五十年まで、外房線と、内房線を、走り抜ける、循環列車が、走っていたのである。

それが、今は、外房線と内房線の二つに分れている。

どちらも、終着駅は、安房鴨川で、ここから、外房線と内房線の列車は、東京に向けて、引き返す。

実に、九年ぶりに、外房線の列車が、内房線に入ったのだ。

鉄道マニアなら、喜んで、記念写真を撮《と》るところだろうが、今、眼の前を通過していった特急「わかしお7号」には、乗客が乗っていて、三人の男が、拳銃を持って、占領しているのだ。

改めて、東京駅の総合指令所に、連絡した。

「今、『わかしお7号』が、通過して、内房線に入りました」

「犯人を見ましたか？」

と、指令所の仁村《にむら》主任が、きいた。

「運転席に、男が一人いましたが、あっという間に、通過したので、はっきりした人相はわかりません。サングラスをかけていましたしね」

「乗客の様子は、どうでしたか」

「窓から、こっちを見ていました。終点の安房鴨川に停まらなかったんですから、間もなく、パニックになるかも知れませんよ」

と、立花は、いった。

連絡によれば、事件は、グリーン車で、起きている。

従って、グリーン車の乗客には、事態が、呑み込めているだろう。

だが、他の車両の乗客は、どうだろうか？

終着駅の安房鴨川に停車しないことに、今は、あっけにとられているに違いない。

そして、次第に騒ぎ出し、パニックになるのは、眼に見えている。

だが、立花には、どうすることも出来なかった。

あとは、総合指令所と、警察に、委《まか》せるより仕方がない。

3

外房線の勝浦駅では、駆けつけた県警の刑事が、「わかしお7号」から降りた乗客から、事情聴取を行っていた。

若い三浦《みうら》刑事は、まず、グリーン車から降りた五人の乗客に会った。

どの顔も、蒼《あお》ざめ、声がふるえているのは、殺人事件のあった車両から、辛《かろ》うじて、逃げ出せたからだろう。

「犯人は、三人だったんですね？」

と、三浦刑事は、メモを取りながら、きいた。

「三十歳前後の男が、三人でしたよ」

と、中年の男が、いった。必死になって、落着いて見せようとしているのだが、声が、上ずってしまっている。

「グリーン車の客ですか？」

「いや。他の車両から、突然、入り込んで来たんです」

「拳銃を持っていたんですね？」

「ええ。三人の中の一人が、拳銃で、乗客を射ったんです」

「拳銃を持っていたのは、一人だけですか？」

「ええ、一人だけです」

「いや。もう一人も、持っていたよ」

と、他の乗客が、口を挟《はさ》んだ。

「すると、二人ですか？」

三浦刑事は、他の乗客の顔も見た。

二人が、拳銃を持っているのを見たという意見が多かった。

二人が、持っていたということは、残りの一人も、拳銃を持っていると、考えた方が、いいだろう。

「殺された男は、いくつぐらいですか？」

と、三浦は、五人に、きいた。

「私は、近くにいたんだ」

と、小柄な老人が、いった。
六十七、八歳だろうが、言葉は、はっきりしている。
「正確にいうと、どこですか？」

「通路をへだてた、反対側の座席だ」

「どんな男でした？」

「年齢《とし》は、五十歳くらいだろうね。太った男だよ。あんまり、好きになれん奴だ」

「なぜですか？」

「東京駅で乗った時から、若い女と、いちゃいちゃしていたからだよ」

「すると、始発の東京駅から、乗って来たんですか？」

「ええ。派手な恰好《かっこう》をした二十五、六の女と一緒に乗って来たんだ。いやなのは、それだけじゃない。中小企業の社長だと、私は思ったんだが、五、六人の社員が、ホームに送りに来て、拍手していたよ」

「中小企業の社長ですか」

三浦は、殺人事件とわかっていたが、思わず、苦笑してしまった。

あわてて、厳《きび》しい顔に戻って、

「三人の男たちは、いきなり、その五十歳ぐらいの男を、射ったんですか？　それとも、何か、いってから、射ちましたか？」

と、五人に、きいた。

「何か、怒鳴ってから、射ちましたよ」

一人がいうと、もう一人が、

「名前をいったんです。確か、『ハマデラ』と、呼びましたよ。相手が、顔をあげないうちに射ったんです」

と、いった。

反対側の座席にいた老人も、「ハマデラ」と、聞いたといった。

どうやら三人の犯人たちは、「浜寺」と、被害者の名を呼んでから、射ったらしい。

「若い女のことで、何か、知っていることはありませんか？」

と、三浦は、きいた。

「大きな声の女だったな」

「ありゃあ、水商売の女ですよ。どこかのクラブのホステスでしょう」

「殺された男は、女のことを、ひろみと、呼んでましたよ」

五人の一人が、いった。
二十五、六歳の男で、二人のすぐうしろの座席に腰を下していたといった。
彼自身は、千葉から乗ったのだという。

「女は、男を、何と呼んでいたんですか？　浜寺さんですか？」

「いや、社長さんと、呼んでいましたね」

と、青年は、いった。

「やっぱり、中小企業の社長なんだ」

と、老人が、したり顔で、いった。

五人の乗客は、少しずつ落着きを取り戻しているようだった。

顔色も、明るくなり、それにつれて、口数が、多くなってきた。

「二人の会話で、他に、何か、覚えていることは、ありませんか?」

三浦が、青年に、きくと、青年は、急に、

「彼女が、まだ、あの列車に残っているんです。何とかして下さい!」

と、叫んだ。

「あなたの彼女が?」

「そうなんです。一緒に、行川《なめがわ》アイランドへ遊びに行くところだったんですよ。それなのに、あんなことになって。この勝浦に停まったとき、逃げようと思って、彼女の手を引いて、出口へ急いだんですけど、奴等の一人が、『邪魔だ!』と叫んで、いきなり、僕を、蹴飛ばしたんですよ。僕は、ホームに、飛ばされて、ドアが閉ってしまったんです。だから、彼女が、取り残されて」

「わかりました」

「彼女を助けて下さい」

「そのためにも、情報が欲しいんです。相手が、何者なのか、わからなくては、対策の立てようがありませんからね」

「そうですね」

「被害者と、女の会話で、何か思い出しませんか？」

三浦は、粘《ねば》り強く、もう一度、きいた。

「僕の彼女が、何かいったんですよ」

「問題の二人のことについてですか？」

「そうなんです。彼女が、何か、うらやましいって、いったんですけど」

「女性が、うらやましいというと、何ですかね。結婚？」

「いえ。違いますね。彼女と僕は、来年の春、結婚することになっているんですから」

「じゃあ、世界旅行？　別荘？」

「違います」

「お金？　車？　宝石？」

「それですよ。宝石です」

青年は、急に、大きな声をあげた。

「問題の男女は、宝石のことを話していたということですね？」

「そうなんですよ。男の方が、列車の中で、女に、宝石をプレゼントしたんです。男は、ルビーだっていって、渡してましたよ。いや、僕のところから、見えやしませんよ。その時、女がいったんです。『商売柄、これも、安く手に入れたんでしょう』ってね」

「なるほど」

「それで、僕の彼女が、やたらに、うらやましがったんです。僕の知り合いに、宝石商はいませんからね」

4

東京駅にある総合指令所は、緊張していた。

外房線を走っていた「わかしお7号」が、三人組に占領され、今、内房線を走っている。

現在、内房線を走っている他の列車は、「わかしお7号」が、接近するにつれて、待避線に入れて、「わかしお7号」を、先に通すことにしていた。

犯人たちの要求が、「わかしお7号」を、停車させるなということだったからである。

国鉄から、警察にも、協力要請が行われ、指令所には、捜査一課の十津川《とつがわ》警部たちが、駈けつけた。

「事件の概略は、聞きました」

と、十津川は、仁村主任に、いった。

仁村は、五十一歳で、国鉄一筋に生きて来た男である。

「今、『わかしお7号』は、千倉《ちくら》を通過したところです」

と、仁村は、十津川に、いった。

「この辺りは、単線ですね」

十津川は、壁の路線図を見て、いった。

「そうです」

「外房線の特急が、一本、いきなり、内房線に入って来たんですから、混乱が起きたり、衝突の危険があるんじゃありませんか？」

亀井《かめい》刑事が、心配して、きいた。

仁村は、落着いた顔で、

「今のところ、その心配は、ありません。普通電車は、待避線に、待避させています。内房線の特急、急行は、『わかしお7号』が、近づいた場合のみ、待避させています」

「今、どのくらいのスピードで走っているんですか？」

十津川が、きいた。

「現在、約五十キロのスピードで、千葉方面に向っています」

「かなり、おそいですね」

「もともと、『わかしお』は、五十四、五キロで運行しており、スピードのおそい代表のような特急電車だったんです。それに、今は、犯人が、運転士に命じて、スピードを、落とさせたのだと思います」

「『わかしお7号』に、連絡は出来るんですか?」

「無線電話が、通じます」

「連絡が、とれましたか?」

「一度だけ、運転席と通じました。そのとき、犯人が、もし、列車を停めたら、乗客を皆殺しにするといっていると、運転士がいっていました。その後、全く、通じません。犯人が、交信を、禁止しているのだと思いますね」

「時速五十キロで走っているとして、列車が、東京に着くのは、何時間後ですか?」

「あと、二時間四十分ほどで、東京に着くと思いますね。千葉までなら、一時間四十分くらいです」

「犯人は、何か要求して来ましたか?」

「いや、まだ、何も要求して来ていません」

「犯人側も、どうしていいか、困っているのかも知れませんね」

と、十津川が、いった。

彼が、今までに聞いたところでは、三人組の犯人は、「わかしお7号」のグリーン車にいた男を、射殺しておいて、勝浦で、逃げようとした。ところが、怯《おび》えた乗客が、出口に殺到し、犯人たちが、逃げない内に、ドアが閉ってしまった。

そのあと、犯人たちは、列車を占領し、無停車で、内房線を走らせている。

犯人たちは、列車を占拠することが、目的ではなかったのだ。

だから、犯人たち自身、全くどうしていいか、わからずにいるのだろう。

「館山《たてやま》通過！」

と、声がした。

特急「わかしお7号」が、館山を通過したのだ。

「いぜんとして、五十キロで、走っていますね」

と、仁村主任が、十津川に、いった。

指令所内の電話が鳴る。

受話器を取った所員が、ぐるりと、見廻して、

「警察の方は、来てますか？」

と、きいた。

十津川が、手をあげると、

「千葉県警の三浦という刑事さんが、警視庁の刑事さんに、連絡したいといっています」

「ありがとう」

と、十津川は、受話器を受け取った。

「千葉県警の三浦です。今、勝浦駅で、問題の列車から降りた乗客に、いろいろと、聞いたところです」

「何かわかりましたか？」

と、十津川は、きいた。

「車内で射殺された男は、浜寺という名前で、恐らく、東京で、宝石商をやっています」

「さっそく、調べてみますよ」

「年齢は、五十歳ぐらいです。東京駅から、『わかしお7号』に、二十五、六歳の女と乗っています。クラブのホステス風だったそうです」

「三人の犯人の方のことは、何かわかりましたか？　一人が、拳銃を使ったということは、知っていますが」

「どうも、三人とも、拳銃を持っていると考えた方が、良さそうですよ」

「三人ともですか――」

「年齢は、いずれも三十歳前後。『浜寺！』と、被害者の名前を呼んでおいて、射殺していますから、怨恨《えんこん》の線が強いですね」

「すると、被害者の身元がわかれば、自然に、犯人は、浮び上って来そうですね」

「また、何かわかったら、連絡します」

三浦刑事は、それだけいって、電話を切った。

十津川は、今の電話をメモしたものを、亀井に見せた。

「この浜寺という宝石商を、調べてくれ」

「わかりました。同業者に聞けば、すぐわかると思います」

「私は、ここにいるから、何かわかったら、連絡してくれないか」

「日下《くさか》君、行くぞ」

亀井は、若い日下刑事を連れて、総合指令所を、飛び出して行った。

5

千葉県警では、ヘリコプターを一機、飛ばせることにした。

犯人三人の行動は、予測できない。

ただ、駅と駅との間で、列車を停め、逃げることが、考えられた。

そこで、列車の上空から、監視させることにしたのだ。

それに、頭上から威圧すれば、犯人たちが、逃亡を諦《あきら》めて、降伏するかも知れないという思惑《おもわく》もあった。

午後一時三十七分。

県警捜査一課の早川《はやかわ》部長刑事が乗り込んだヘリコプターは、ベテランの田中《たなか》操縦士の操縦で、木更津《きさらづ》飛行場を、飛び立った。

東京湾沿いに走る内房線の線路を、南に向けて、三百メートル上空から、辿《たど》っていった。

（あれかな？）

と、ふと、眼をこらして、線路上を走る九両編成の列車を凝視《ぎょうし》した。

千葉方向に向う特急列車である。

同じ183系の特急電車だが、「わかしお7号」ではなかった。

「さざなみ12号」だった。

更に、線路沿いに南下して行くと、やっと、問題の列車を発見した。

五十キロくらいの、特急にしては、ゆっくりしたスピードで、走っている。

ヘリコプターは、更に、高度を下げた。

「わかしお7号」と、並行して、飛んで貰う。

早川は、用意して来た双眼鏡で、列車の窓を、なめるように、見ていった。

こちらに向って、車窓から手を振っている乗客の姿が見えた。

もちろん、楽しみに手を振っているわけではあるまい。一刻も早く、助けてくれと、言っているのだ。

双眼鏡を、運転席に向ける。

運転士の横顔が見えた。

その向うに、犯人がいる筈だが、運転士の身体が、邪魔で、見えない。

次に、最後尾の乗務員室である。

犯人たちは、ここも、占領している筈だった。

双眼鏡を向けた。

操縦士が、ヘリを、列車の直後に、つけてくれた。

乗務員室が、よく見える。

「車掌の傍《そば》に、犯人らしい男が見えます」

と、早川は、無線電話で、県警本部に、連絡した。

こちらに近づいているパトカーにも、聞こえた筈である。

「犯人は、年齢二十七、八歳で、サングラスをかけています。手には、拳銃らしきものを持っていて、車掌を、脅《おど》しているようです」

——そこに、一人か？

「そうです。ここには、一人しかいません」

——あとの二人は？

「運転席に少くとも一人は、いる筈です」

——正確なところを知りたいんだ。

「わかりました」

と、早川は、いった。

早川は、操縦士に、列車の前へ廻って貰った。

大きく、旋回《せんかい》して、前方から、列車に近づく。

運転席が、はっきり見えた。

　183系電車の運転席は、高いところにある。

　外房の荒い海をデザインしたヘッドマークが、見え、その上の運転席に、運転士と、背広姿の若い男が見えた。手に拳銃を持っている。

　ヘリに向って、「早く立ち去れ！」というように、拳銃を、振って見せた。

　早川は、また、列車に並行して、飛んで貰うことにした。

「こちら、早川です。運転席に、もう一人の犯人を発見しました」

　――その男も、拳銃を持っているのか？

「持っています。多分、もう一人も、持っていると思いますね」

　――もう一人の犯人は、どこにいるんだ？

「わかりません。客車にいるのかも知れませんね」

　――乗客の様子は、わかるか？

「今のところ、パニックは、起こっていないようです。こちらに向って、窓から、手を振っています」

　――しばらくは、「わかしお7号」と飛んでみてくれ。乗客を勇気付けるだろう。

「わかりました」

と、早川が、いったとき、眼の前に、屏風《びょうぶ》のような山脈《やまなみ》が、迫って来た。鋸山《のこぎりやま》である。

内房線の線路は、この山の下を、トンネルで、くぐり抜ける。

ぐーんと、ヘリコプターは、高度をあげた。

「わかしお7号」が、トンネルに吸い込まれて行き、視界から消えた。

ヘリの高度があがって、浦賀水道《うらがすいどう》を、ゆっくりと行きかう船が見え、その向うに、三浦半島が、遠望できた。

また、トンネルを抜けて、「わかしお7号」が、出て来た。列車は、いぜんとして、時速約五十キロで、走り続けている。

6

「電話帳を見てくれ」

と、亀井は、日下刑事に、いった。

「それで、浜寺という宝石店経営者を見つけるんだ」

二人は、総合指令所の近くの電話ボックスで、電話帳を、調べた。

浜寺という名前は、何十人と、並んでいたが、その名前の次に、（宝石）と書かれているのは、二人だけだった。

亀井は、その二人の電話番号と住所を、手帳に書き留めてから、住所が、田園調布《でんえんちょうふ》になっている方へ、まず、掛けてみた。

「浜寺でございます」

という、中年の女性の声が、電話口に出た。

「浜寺さんは、今、どこですか？」

「失礼ですが、どなた様ですか？」

「警視庁捜査一課の亀井といいます」

と、いうと、相手の声が、急に、変って、

「主人が、何か、事故でも？」

「いや、今、どこにいらっしゃるか、それをお聞きしたいだけです」

「銀座の店に出ておりますわ」

「おいくつですか？　ご主人は」

「五十歳になったばかりですけど」

「お店の電話番号を教えて下さい」

と、亀井は、いい、相手が教えてくれた番号を、廻してみた。

電話口に出た、若い女性に、

「社長さんをお願いします」

と、亀井は、いった。

「お呼びすれば、いいんですか？」

「ええ」

「ちょっと、お待ち下さい」

と、相手は、いい、続いて、中年の男の声に、代って、

「浜寺でございます」

と、いった。

こちらではなかったのだ。

亀井は、適当に、失礼を詫《わ》びて、電話を切った。

もう一つの浜寺は、浜寺信人《のぶと》となっていて、住所は、新宿《しんじゅく》西口のマンションだった。

電話をかけてみたが、誰もいない。

「行ってみよう」

と、亀井は、日下にいった。

パトカーに乗り込むと、サイレンを鳴らして、新宿に向けて走った。

夏の強烈な陽差《ひざ》しが、車を運転している日下の眼を、ちかちかさせる。

新宿西口に着くと、亀井と、日下は、該当《がいとう》するマンションを見つけ出して、管理人に会った。

「五〇六号室の浜寺信人さんのことで、聞きたいんだ」

と、亀井は、小柄な管理人に、いった。

警察手帳を見せたので、管理人は、怯えたような眼になっている。

「どんなことでしょうか？」

「今、部屋にいないようなんだが、どこにいるか知ってるかな？」

「お店でしょう。新宿駅東口にある大きな宝石店のオーナーなんです」

「場所は、知ってる？」

「ええ。一度、年末の記念セールの時、案内状を貰ったので、行ったことがあるんです。何も買いませんでしたがね」

管理人は、紙に、店の場所を書いてくれた。

「浜寺さんは、家族はいないのかね？」

亀井が、きいた。

「奥さんと、去年別れたので、今は、独身じゃないですかね。この間、慰謝料を、何千万も取られたと、いってらっしゃいました」

「浜寺さんというのは、どういう人かね？」

「楽しい人ですよ。いろいろと、噂は聞きますが、私は、好きですね」

「どんな噂かね？」

「あくどい商売をやるとか、浜寺さんに、泣かされた人が、何人もいるとかですよ。私は、そんな風には、思いませんがね」

「ありがとう」

「もう、いいんですか？」

管理人が、拍子抜けした顔で、いうのに、亀井は、

「もういいんだ。ありがとう」

と、そっけなくいって、日下を促《うなが》し、そのマンションを出た。

パトカーで、新宿東口に廻った。

浜寺信人の宝石店は、ビルの二階にあった。

かなり大きな店だが、高価なものは、あまり置いてなかった。

それに、客の姿も少く、活気がない。

亀井と日下は、副店長という矢木《やぎ》という男に、話を聞いた。

四十五、六歳の男で、疲れたような顔をしていた。

「社長は、旅行中です」

と、矢木は、いった。

亀井は、壁にかかっている男の写真を見て、

「社長ですか？」

「そうです」

「どこへ行かれたんですか？」

「千葉の勝浦に、別荘をお持ちで、そこへ行かれたんです」

「東京駅から、特急の『わかしお７号』に乗ったんですね？」

「ええ」

「皆さんで、見送りに行かれた？」

「ええ。それが、どうかしたんですか？」

「浜寺さんは、列車の中で、殺されましたよ」

亀井が、いうと、矢木は、

「本当ですか？」

と、いったが、さほど、驚いた顔ではなかった。

何か、予期していた感じがないでもない。

「社長さんには、敵が多かったみたいですね？」

と、亀井は、きいた。

矢木も、どう答えたものかというふうに、考えていたが、

「社長が亡くなったのでは、嘘をついても始まらんでしょう。確かに、敵の多い人でしたよ」

「三人の男が、浜寺さんを殺しているんです。しかも、拳銃で、射殺している。他にも乗客の乗っている列車の中でですよ。相手は、とにかく、何が何でも、浜寺さんを殺したかったとしか思えないんですよ。この三人の男に、心当りは、ありませんか？」

「いくつぐらいの男ですか？」

「全員が、三十歳前後だといわれています」

亀井がいうと、矢木は黙って、考えこんでいたが、

「実は、私は、この店を辞《や》めようと思っていたんですよ」

「ほう。理由は、何ですか？」

「自分が可愛《かわい》いからです」

矢木は、声をひそめて、いった。

「すると、この店では、警察沙汰になるようなことをしているということですか？」

「そうです」

「どんなことですか？」

「社長が、ひとりでやっていたことなんですが、金の密輸をやっていたんです。証拠はありませんがね。それらしいことを、手伝ったことがあります」

「なるほどね。この店に入って来たとき、どうも、活気がないんで、これで、やっていけるのかと思ったんですが、社長さんは、そういうことも、やっていたんですか」

「昔は、まともに、商売をやっていたんですが、社長は遊び好きでしてね。金使いも荒いんで、借金が重なってしまったんです。それを返すために、金の密輸なんかに、手を出したらしいんです」

「すると、自然に、暴力団関係の人間とも、つき合うようになりますね？」

「そうなんです。最近、それらしい人たちが、時々、店へ顔を出すようになっていました」

「どこの組の人間か、わかりますか？」

「確か、Ｎ組の人たちだったと思いますが」

と、矢木は、いった。

N組は、新宿を縄張りにしている新興の暴力団である。構成員は、百人足らずと少いが、荒っぽいことで知られているし、金の密輸をやっているともいわれていた。

そのことで、浜寺信人は、N組と、トラブルを、起こしたのか。

「社長さんが親しくしていた女を知りませんか？　多分、どこかのクラブのホステスだと思うんですが」

「女ですか――」

と、矢木は、視線を肩に遊ばせていたが、

「歌舞《かぶ》伎町《きちょう》の『シンデレラ』というクラブのホステスだと思いますね。最近、その店によく行っていらっしゃいましたから」

「ホステスの名前も、わかりますか？」

「二、三度、社長に連れて行かれたことがあるんです。社長の横に来て、やたらべたべたしていたのは、確か、ひろ子だったんじゃないかな？　いや、ひさ子だったか――」

「ひろみ――じゃありませんか？」

と、亀井は、いった。

「ああ、そうでした。ひろみさんですよ。その女性です」

7

亀井は、新宿駅の派出所から、捜査四課の原田《はらだ》刑事に電話をかけた。昔からの知り合いである。

「新宿のN組のことで、聞きたいんだ」

と、亀井は、電話で、いった。

「あの組の誰かが、殺人事件を引き起こしたのか？」

「まだ、はっきりしたことはわからないんだ。今日、外房線の車内で、浜寺信人という五十歳の男が、三人組の男たちに、射殺された。三十歳前後の男たちだ。動機は、金の密輸が、からんでいるらしい」

「その三人組が、N組の連中らしいのか？」

「そうなんだ。しかも、今、列車を占領していて、他にも、犠牲者が、出るかも知れない」

「わかった。N組のことを、調べてみよう。わかったら知らせるが、カメさんは、どこにいる？」

「東京駅の総合指令所にいるよ」

「妙なところにいるんだな」

「なるべく早く調べて欲しい。今もいったように、三人組は、拳銃を持っているんでね」

「オーケイ」

と、原田が、いった。

亀井と、日下は、総合指令所に戻った。

十津川は、仁村主任に、わかったことを、報告した。

十津川は、「N組のね」と、冷静な口調でいったが、仁村の方は、

「暴力団員だとすると、何をするか、わかりませんね」

と、顔色を変えた。

「いや、そうともいえませんよ。彼等は、普通の人間以上に、利害関係に、敏感です。彼等は、自分が助かるなら、喜んで取引きする。その点は、無計画で、感情に委せて突っ走る素人よりも、相手の動きを、読むことが出来ます」

と、十津川は、いった。

だが、仁村主任は、まだ、半信半疑の表情で、

「しかし、拳銃を持っているんですよ。しかも、もう一人、殺しているんです。他の乗客も、殺すかも知れません」

「浜寺信人を殺したのは、今、亀井刑事から聞いたところでは、金の密輸に絡《から》んだ恨《うら》みからだと思います。意味もなく、殺すとは、思えません」

「では、これから、彼等が、どう出るか、十津川さんに、想像がつきますか？」

と、仁村主任が、きいた。

十津川は、チラリと、「わかしお7号」の現在位置を示すボードに眼をやった。

間もなく、木更津を通過する。

「彼等は、最初、勝浦の近くで、グリーン車の浜寺信人を射殺し、勝浦に停車したとき、逃げる気だったと思います。ところが、失敗した。仕方なく、列車を占領して、東京へ向って走らせています。多分、走らせながら、どうしたら逃げられるか、考えていると思いますね。乗客と、乗務員を人質にして、何か、こちらに要求してくるんじゃないかと考えているんですがね」

十津川は、確信を持って答えた。

「どんなことを、要求してくるでしょう？」

「それを、いろいろと、考えてみたんですがね。彼等が、第一に考えることは、安全に逃亡することだと思います。乗客と、乗務員を人質にとっているわけですから、それと交換に、逃亡を要求してくると考えています」

と、十津川は、いった。

ただ、どんな形で、三人が要求してくるのかが、わからない。

若い日下が、「質問していいですか?」と、仁村主任に、声をかけた。

「何ですか?」

と、仁村が、きく。

「なぜ、非常ブレーキを引いて、列車を停めて、逃げ出さないんでしょうか?」

「それは、犯人たちがですか? それとも、乗客がですか?」

「両方です」

「犯人たちについていえば、今、警察のヘリコプターが列車の上を飛んでいます。列車を停めて、逃げ出せば、すぐ見つかってしまうと思っているんじゃないですか。乗客の方は、わかりませんが、車内放送を使って、犯人が、脅かしているのかも知れません」

「非常ブレーキを引いて、逃げたら、射つぞとですか?」

「そうです。犯人は、前後の運転席と乗務員室を占領していますから、車内放送が、自由に出来ます」

と、仁村主任が、いった。

「わかしお7号」は、木更津を通過した。

いぜんとして、時速五十キロで、東京に向かって、走っている。

「電源を切って、列車を停めてしまったら、どうでしょうか？　列車が動かなければ、犯人たちは、諦めて、降伏するんじゃありませんか？」

日下が、きくと、今度は、亀井が、笑って、

「犯人たちは、列車を停めたら、乗客を殺すといってるんだ。それを無視して、停められるかね？」

「それに、今、内房線には、他にも、列車が走っていますよ。電気を止めたら、他の列車も、停まってしまいます」

と、仁村主任がいった。

いぜんとして、犯人たちからの連絡がない。

8

捜査四課の原田刑事から、亀井に、連絡が入った。

「何かわかったか？」

と、亀井がきくと、

「N組の連中は、最初は、しらばくれていたがね。それで、圧力をかけてみたんだ。もし、N組の三人が、列車を乗っ取っていたら、幹部全員を逮捕するぞとね。そしたら、面白い反応を見せたよ」

「どんな反応なんだ？」

「三人の組員を、破門したと、いって来たんだよ。井崎五郎《いざきごろう》、中田政彦《なかだまさひこ》、青山誠《あおやままこと》の三人だ。組の幹部に造反したので、破門したといっているが、実際は、三人のやったことで、組が、ガタガタになっては、かなわないということさ」

「その三人の写真はあるのか？」

「三人とも、前科があるから、前科者カードにのっている。今、そのコピーを作って、そちらに持たせてやる」

「拳銃の入手経路は、わからないか？」

「まだ、わからないね。もちろん、N組は、だれも、組とは関係ないといっているがね」

「三人が、浜寺信人を殺したことについては、N組の幹部は、何といってるんだ？」

「おれは、N組の幹部も、金の密輸に関係していると思っているし、浜寺を殺せと命令したのも、幹部連中だと思っているんだ。一応、今度の殺しについては、全く知らなかったといっているが、そちらの三人が逮捕されたら、彼等の口から、Ｎ組が関係していることが、わかると、期待しているんだ」

と、原田は、楽しげにいった。

これで、名前は、わかった。

十二分後に、三人の前科者カードのコピーを、四課の若手の刑事が、パトカーを飛ばして、持ってきた。

○井崎五郎　二十九歳。暴行傷害などの前科五犯。

○中田政彦　三十歳。殺人で七年間の刑務所生活を送る。

○青山　誠　三十歳。サギ、傷害など、前科六犯。

と、なっている。青山誠のところには、

「インテリヤクザで、恐らく、この男が、リーダーの役割りをしていると思われる」と、但《ただ》し書きがついていた。

確かに、他の二人が、いかにも、暴力団員という顔をしているのに対して、青山は細《ほそ》面《おも》で、知的な顔をしていた。

十津川は、そのカードのコピーを見てから、ボードに眼をやった。

「わかしお7号」は、現在、内房線の五井《ごい》駅を、通過したところだった。

「列車は、少しスピード・ダウンしています」

と、仁村が、十津川に、いった。

「どのくらいのスピードになっているんですか？」

「時速、約三十キロですね。恐らく、犯人が、運転士に命じて、スピード・ダウンさせたのだと思います。十津川さんは、なぜ、スピード・ダウンしたんだと思われますか？」

「犯人の時間かせぎでしょう。何をしたらいいか、考えが、まとまらないので、時間をかせごうとしているんです。といって、列車を停車させると、警察に、逮捕されるかも知れないと、それが不安なんでしょう」

「錦糸町《きんしちょう》までの間に、何とか、三人を逮捕して貰わないと困ります」

と、仁村主任が、いった。

「そういえば、錦糸町から先は、列車は、地下にもぐるんでしたね」

亀井が、いった。

「そうです。東京駅をすぎて、品川《しながわ》駅まで、地下になっています。それに、総武《そうぶ》線と、横《よこ》

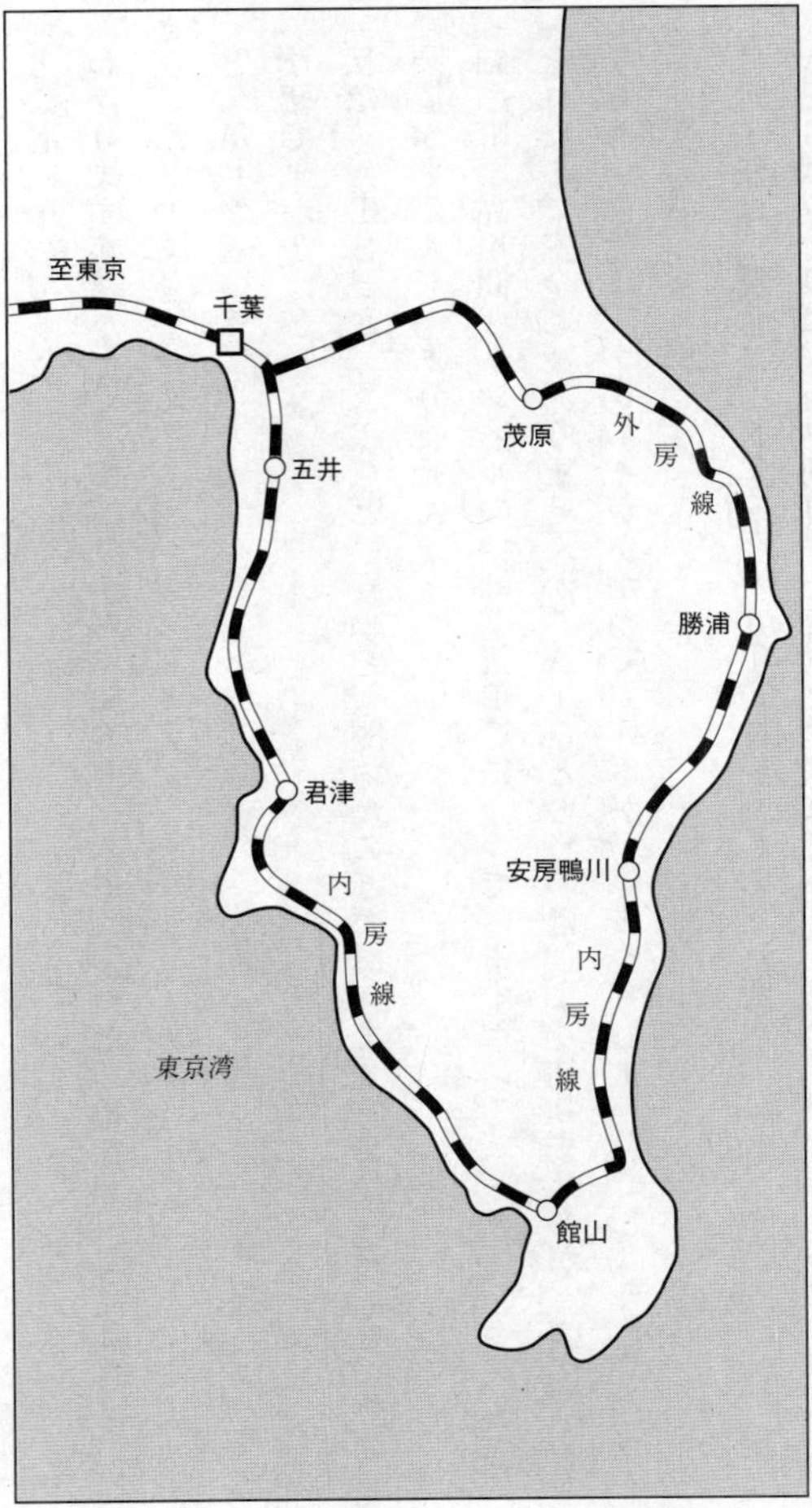
至東京
千葉
茂原
外房線
五井
勝浦
君津
安房鴨川
内房線
内房線
東京湾
館山

須賀《すか》線が、相互乗入れをしていますから、必然的に、本数も、多くなります。もし、地下トンネルの中で、衝突事故でも起きたら大変ですから、どうしても、錦糸町までの間で、何とかしたいのです」

「わかりますが、たとえ、錦糸町から、地下トンネルに入ったとしても、衝突事故は、起きないんじゃありませんか？」

と、亀井が、いう。

「なぜですか？」

「私は、ATSとか、ATCというのを、聞いたことがあります。この区間にも、そうした装置があるんじゃありませんか？」

「錦糸町と品川間、トンネルの中は、ATCになっています」

「それなら、安全じゃありませんか。ATCというのは、よく知りませんが、衝突しそうになると、自然に、ブレーキがかかって、列車が、停まってしまうんでしょう？」

と、亀井が、きいた。

仁村主任は、簡単に、ATSと、ATCを説明してくれた。

ATSは、一般に、自動列車停止装置と呼ばれていて、信号機が、赤なのに、運転士がそれに気付かずに、列車を走らせると、危険を知らせるチャイムが鳴る。五秒以内に、わかったというボタンを押さないと、列車は、自動的に、停止してしまう。

このＡＴＳを、一歩進めたのが、ＡＴＣである。

ＡＴＣは、自動列車制御装置と呼ばれて、新幹線にも、使われている。

ＡＴＣの区間には、信号機がない。指令所から、運転士に直接、時速何キロで走れという指示が出る。もし、運転士が、その指示を無視しても、自動的に、速度が、指示されたスピードになってしまう。

「錦糸町と、品川までの間は、このＡＴＣになっています」

と、仁村がいった。

「それなのに、なぜ、衝突の危険があるんですか？」

亀井が、わからないというように、首を傾《かし》げた。

「今、内房線と外房線とは、安房鴨川駅で、終点になっています。昭和五十年までは、内房線から外房線へと、循環する列車が、走っていたんです。山手線みたいにです。その方が、便利ですからね。その循環線が、なくなった理由が、わかりますか？」

と、仁村主任が、きく。

「ＡＴＣと、何か、関係があるんですか？」

「そうなんです」

「すると、内房線や、外房線を走る列車には、ATC装置が、ついていないんですか？」

亀井が、きくと、仁村は、笑って、

「それでは、列車は、東京駅まで、走れませんよ。東京駅から出発する特急電車は、現在、183系という新しいもので、全て、ATC装置がついていますよ」

「それなら、問題はないんじゃありませんか。今、東京駅に向っている『わかしお7号』にも、ATC装置がついているわけでしょう？」

「そうです」

「それなら――」

「ATCのくわしい説明をしている余裕はありませんが、このATC車上装置をつけた列車は、向きが一定でなければ、作動しないんです。ところが、外房から内房線に廻って走ると、向きが、変ってしまいます。それでは、地下に入ったとき、ATCが働かない。だから、現在、循環列車を、走らせることが出来ないんです」

「すると、現在、『わかしお7号』は、向きが、逆になって、走っているわけですから、錦糸町から地下に入ると、ATCが、働かないんですね？」

「そうです。だから、ぜひとも、錦糸町の手前で、列車を停めて、解決して欲しいんですよ」

9

しかし、いぜんとして、犯人側から、何の連絡もないままに、「わかしお7号」は、千葉駅を通過した。

犯人たちは、どこまで、列車を走らせる気なのだろうか。

現在のスピードで走っていくと、あと、三十分で、「わかしお7号」は、錦糸町に、着いてしまう。

ヘリコプターは、相変らず、列車の頭上を飛んでいた。

そのヘリからの報告でも、列車には、別に異常は、認められないという。

千葉を出て、五分後に、初めて、犯人からの連絡が入った。

列車の運転席についている無線電話で、総合指令所へ、連絡してきたのだ。

こちらは、仁村主任が、電話に出た。

応答は、スピーカーで、流してくれた。

——おれたちは、この列車を、占領している。

と、男の声が、いった。

「すぐ、列車を停めて、乗客を解放しなさい」

と、仁村が、いった。

――大事な人質だ。解放はしない。こちらの要求を呑めば、解放してやるがな。

「その要求というのを聞きたいね」

――まず、うるさいヘリコプターを、どこかへやれ。いらいらしてくると、乗客を殺すかも知れんぞ。

「わかった。警察に連絡するよ。その他の要求は？」

――おれたちは、拳銃の他に、手榴弾も、持っている。

「手榴弾？」

――そうだ。米軍の手榴弾だ。おれたちの指示通りにしないと、列車を、爆破するぞ。

「わかった。何が欲しいんだ？」

――まず、金だ。警察に、殺人容疑で追われるに決ってるから、逃亡資金が欲しい。一人一千万として、三千万だ。いや、三千万じゃ不足だな。五千万すぐ用意しろ。

「そんな大金が、簡単に、用意出来る筈がないだろう」

――東京駅の一日の売上げは、平均三億円だ。その金を都合しろ。同じ国鉄だ。

「そんなことは出来ないよ」

――出来なければ、おれたちは、この列車が東京駅に入ってから、爆破するぞ。どんな大惨事になっても、知らんぞ。

「売上げは、すぐ、銀行に、運ばれてしまうんだ。駅には、そんな大金は、保管されていない。東京駅でもだ」

――嘘をつくな。第一、今日は、第二土曜日で、銀行は休みだ。今日の売上げは、明後日の月曜日に、銀行に運ばれる筈だよ。すぐ、東京駅に連絡をとって、五千万円用意するんだ。

「わかった。連絡する。そのあとは、どうしたらいい？」

――錦糸町へ着くまでに、五千万用意するんだ。こちらは、スピードを落とすから、時間は、十分ある筈だ。

「乗客を解放しなさい」

――五千万円が用意されたら、解放するさ。だから、乗客が、助かるかどうかは、あんたが、東京駅を、早く説得できるかどうかに、かかっているんだ。がんばれよ。

最後は、まるで、からかっているような口調だった。

連絡は、切れた。

同時に、「わかしお7号」は、更に、スピード・ダウンした。

十津川は、すぐ、千葉県警に、連絡をとった。ヘリを、引き返させるためである。

県警の了解があった。

ヘリは、すぐ、基地に、引き返すだろう。

「犯人の要求を、どうしますか？」

仁村主任は、困惑《こんわく》した顔で、十津川に、きいた。

「きかないと、彼等は、本当に、列車を爆破するかも知れませんね」

と、十津川は、いった。

「じゃあ、東京駅に連絡して、五千万円を、用意するんですか？」

「そうです。それから、相手の反応を見ましょう」

「しかし、この東京駅の売上げは、国家の金ですよ」

「むざむざ、犯人に、渡したりはしませんよ」

と、十津川は、約束した。

仁村は、すぐ、東京駅長に、電話をかけた。

犯人のいうように、東京駅の売上げは、一日平均三億円である。

五千万円は、用意できる。

だが、むざむざ、犯人に奪い取られたら責任を取らざるを得ないだろう。

仁村は、その責任をとる決心をして、東京駅長に、頼んだ。

今、「わかしお７号」には、二百人前後の乗客が乗っている。その生命を守るのも、国鉄の人間の責任である。

十五分後に、また、「わかしお７号」から、無線電話が入った。西船橋《にしふなばし》を過ぎたところだった。

――五千万円は、用意できたか？

と、男の声が、きいた。

「駅長室に、用意してある。五千万円を鞄《かばん》に詰めてだ」

――そいつは、賢明だよ。

「乗客を解放しろ」

――五千万円は、間違いなく、用意してあるんだろうな？

「間違いない」

――よし。それを信用しよう。次の錦糸町で、停車する。その時、最後尾《さいこうび》の一両だけ、ドアを開ける。女と子供は、そこで、ホームに降ろす。だが、その時、警官が、乗り込んで来たりしたらすぐ、列車を爆破するぞ。

「他の乗客は、いつ解放するんだ？」

――今は、いえない。こちらに、五千万円が手に入ってからだ。

「どこで、渡せばいいんだ？」

――東京駅で、受け取る。東京駅では、先頭車の運転室の窓だけを開ける。そこから、鞄に詰めた五千万円を渡すんだ。列車は、横須賀線を走らせる。

「横須賀線を？」

――そうだ。総武線と、横須賀線は、相互乗り入れをしているんだから、久里浜《くりはま》までは、走れる筈だ。もし、駄目だというんなら、残りの乗客と、乗務員と一緒に、この列車を爆破するぞ。

「五千万円渡したら、いつ、残りの乗客を、解放してくれるんだ？」

――それは、東京駅で、五千万を受け取ってから教えるよ。

「いいか。君。錦糸町から品川までの地下区間は、ＡＴＣで、列車を運行しているんだ。衝突しそうになると、自動的に停車するようになっているし、列車のスピードも、自動的に、制御される」

――それが、何だっていうんだ？

「君たちの乗ってる『わかしお7号』のＡＴＣ装置は、働かないんだ」

――なぜ？

「うまく説明は出来ないが、そのまま、地下に入ったら、衝突の危険があるんだ。あの区間に、信号はない。列車の運転席に、ＡＴＣ車上装置があって、それに、作動する。だが、それが作動しないいんだよ」

――おれには、そんな難しいことは、わからん。そんな危険があるんなら、衝突しないように、そっちで、注意しろ。

それで、無線電話は、切れてしまった。

仁村主任は、小さな唸《うな》り声をあげた。そのあと、てきぱきと、指示して、錦糸町と、品川間の上り線を走っている全ての列車を、一刻も早く、どかせるようにした。

壁には、ＡＴＣ装置が働いている錦糸町―東京―品川間の上下線が、明示されている。線路上には、現在、その線を走っている列車が、点滅信号となって、明示される。

間もなく、「わかしお7号」は、錦糸町から、この線区に入ってくる。それまでに、現在、点滅している列車を、外に出さなければならない。そして、後続の列車は、現在地点に、停車させておかなければならない。犯人たちに占領された「わかしお7号」が、今後、どんな動きをとるかわからないからである。

錦糸町―東京―品川の間は、十一・六キロ。その間に、一両の列車も、いてはならないのだ。

からっぽにしておけば、安心して、「わかしお7号」を走らせることが出来る。ATCが作動しなくても、「わかしお7号」が、衝突することはない。

ただ、そのために、何百人、いや、何千人もの足が、一時的に、ストップすることになるだろう。

10

錦糸町駅は、ホームが二つあり、1番線から、4番線までの線路が、通っている。

1番線は、総武本線の各駅停車の上り、2番線は、同じ各駅停車の下りが、停まる。

3番線は、L特急、急行、快速の上り、4番線は、同じ下りが、利用する。

三人の男に占領された「わかしお7号」は、3番線に、停車した。

ホームに、人影はない。警官も、ホームにあがる階段の途中に、待機していたが、「わかしお7号」が近づくと、顔を引っ込めた。

列車が停まると、最後尾の一両だけが、ドアが開き、車掌の手引きで、四、五十人の女性と子供たちが、どっと、ホームに降りて来た。

「早くして、下さい！　五分しかありませんよ！」

と、車掌は、怒鳴った。

われ先にと群がる女性客の中には、ホームに倒れる者もいて、甲高《かんだか》い悲鳴が、あがった。

五分きっかりに、「わかしお7号」は、最後尾の車両のドアを開けたまま、発車した。

ホームに降りた女性客の中には、ほっとした顔で、その場に座り込む者もいた。

階段の途中に待機していた警官たちが、ホームに駈け上った。

その中に、捜査一課の清水《しみず》刑事もいた。

十津川の命令で、下りの電車で、やって来たのである。

清水は、蒼《あお》い顔をしている車掌をつかまえた。

「男の乗客は、どうなったんですか？」

と、きいた。

「全員、先頭から三両目までに、押し込められています」

と、車掌は、いった。

「三人の犯人も、その三両にいるわけですね？」

「そうです」

「拳銃の他に、手榴弾を持っているということだが、本当ですか？」

「それらしいものは、見ました。犯人の一人は、それ一発で、この列車が、引っくり返ると、いっていました」

「あなたは、女性や子供と一緒に、錦糸町でおりろといわれたんですか？」

「そうです。最後尾の車両から、五分間でおろせといわれたんです。五分たったら発車すると」

「射殺された男の死体は、どうなっていますか」

「グリーン車にありますが、遺体をおろしている時間なんか、ありませんでしたよ」

と、車掌は、怒ったような声で、いった。

11

綿糸町で、四十二名の女性と子供の客が、解放されたというニュースは、すぐ、東京駅の総合指令所に、知らされた。

「意外に、約束を守る犯人ですね」

と、亀井は、十津川に、いった。

「犯人にとっても、足手まといだったのかな」

十津川が、首をひねると、仁村主任は、ほっとした顔で、

「とにかく、乗客の一部でも、無事に解放されれば、結構です」

と、いった。

その時、犯人からの電話が、また、入った。

仁村主任が、電話に出た。

――約束どおり、女子供は、解放した。そっちも、約束を守るんだ。わかったな？

「わかった」

――東京駅のホームには、お前一人が、五千万円入りの鞄を持って立っているんだ。他の者は、誰もホームにいるな。もし、他に誰かいたら、停車せずに、列車を爆破してやる。

「わかった。私一人で、五千万円を渡す」

――先頭車の窓だ。わかってるな。

「わかってる」

電話が切れると、仁村主任は、立ち上った。

「これから、駅長室へ行って、五千万円を受け取って、地下ホームに行きます」

「われわれも、行きましょう」

と、十津川も、いった。

亀井と、日下も入れて、四人は、指令所を出ると、東京駅の駅長室に、歩いて行った。

駅長室では、駅長と、首席助役が、待っていた。

テーブルの上には、五千万円の入った鞄が、用意されていた。

「地下ホームには、私が、行きましょう」

と、十津川が、いった。

「しかし、犯人は、私に、持って来いと、いいましたよ」

仁村主任が、いった。

「犯人たちは、あなたの顔を知らないと思います。だから、私が代っても、わかりませんよ」

「無茶は、しないでしょうね？」

「大丈夫です。慎重に行動しますよ」

と、十津川は、安心させるように、微笑して見せてから、若い日下刑事を、呼んだ。

「錦糸町で降りた車掌の話では、男の乗客や、三人の犯人も、先頭から三両の車両に入っているということだ。それに、最後尾の車両のドアは、開いたままになっているらしい」

十津川は、小声で、日下にいった。

日下は、ニヤッと笑って、

「わかりました。隙《すき》を見て、乗り込みます」

「しかし、無茶は、止めろよ。乗客が人質となっているんだからね。それから、これも、持って行け」

と、小型のトランシーバーを渡した。

十津川たちは、地下にある総武線のホームに、おりて行った。

ホームは、二つ。１番線から４番線まである。

「わかしお７号」は、４番線に入ってくる筈だった。

ホームに、人影はない。

駅員も、姿を消していた。

ホームには、駅員の待機している運転事務室、ポンプ室、売店、それに、ベンチがある。

日下は、最後尾の車両が停止する位置にある売店の中に、もぐり込んだ。売り子は、すでに、ホームの外に出ている。

十津川は、重い鞄を下げ、人の気配のないホームを、品川方面に向って歩いて行った。

ベンチに、腰を下す。

鞄は、大人しく、犯人に渡すつもりだったが、十津川に、わからないのは、そのあと、犯人は、どうする気なのかということだった。

（五千万円持って、逃げられると思っているのだろうか？）

警笛が、壁に反射して、聞こえてきた。

「わかしお7号」が、やって来たのだ。

十津川は、鞄を持って、立ち上った。

列車が、ゆっくりと、入ってくる。十津川の立っているところより、少し先に、停車した。

運転席の横の窓が開いて、サングラスをかけた男が、顔を出した。

「おい。こっちへ来いよ」

と、その男が、十津川に、いった。

十津川は、近づきながら、三枚の前科者カードにあった写真を思い出していた。

どうやら、この男が、リーダー格の青山らしい。

「五千万円は、持って来たか？」

と、相手が、きいた。

「ああ、これだ」

十津川は、鞄を、ちょっと持ち上げて見せた。

「ちゃんと、五千万円入っているんだろうな？」

「ああ、入ってるよ」

十津川は、鞄を開けて見せた。

「よし。よこせ」

「残りの人質は、いつ解放してくれるんだ？」

「おれたちの安全が確められたら、解放するさ」

「それは、いつだ？」

「この紙に、書いてある。その通り、そっちが実行すれば、人質は、解放するさ」

男は、一枚の紙片を、十津川に渡し、代りに、五千万入りの鞄を受け取ると、窓を閉めてしまった。

「わかしお７号」は、今度は、品川に向って、走り出した。

十津川は、ホームに立って、じっと、眼の前を通り過ぎる列車を眺《なが》めた。

先頭から三両目まで、窓には、カーテンがおりていて、中が見えない。犯人たちが、そうしたのだろう。

最後尾の車両が、通り過ぎたとき、開いたままのドアのところから、日下が、軽く、手を振った。うまく、もぐり込んだのだ。

「わかしお7号」が、見えなくなると、亀井と、仁村主任が、ホームにおりて来た。

「どんな具合ですか？」

と、仁村が、きいた。

「先頭から三両目まで、窓にカーテンがかかっていて、中の様子は、見えませんね。だから、乗客がどうなっているか、わかりませんでした」

「若い刑事さんは、もぐり込んだんですか？」

「ええ。日下刑事が、最後尾の車両に、乗り込みました。無茶はするなといってあります」

「これから、犯人は、どうする気なんでしょうか？」

「指示を与えて来ましたよ」

十津川は、メモを、仁村主任に渡した。

亀井刑事も、横から、のぞき込んだ。
○列車は、久里浜に向って、走らせる。邪魔をすれば、乗客を殺す
○ヘリやパトカーは、出すな
○北鎌倉《きたかまくら》駅の前に、マイクロバスを用意しておけ。その車には、妙な細工はするな

○北鎌倉のホームから、駅員と警官は、退去させ、近寄るな

それだけの文字が、ボールペンで、殴《なぐ》り書きしてあった。

「北鎌倉から、車で、逃亡する気ですね」

と、仁村が、いった。

「マイクロバスというのは、人質を、何人か安全のために、乗せて行くつもりに違いありません」

亀井が、いった。

「どうしたら、いいですか？」

仁村主任が、十津川に、きいた。

「乗客の安全を第一に考える必要がありますね」

と、十津川が、いうと、仁村も、肯《うなず》いて、

「われわれも、その点は、同感です。現在、人質になっている乗客が、一人でも、死ぬことがあってはならないと思っています」

「では、犯人側の要求に従って、マイクロバスを、北鎌倉の駅前に、用意することにしましょう。あとは、相手の出方に従って、臨機応変の措置《そち》をとります」

と、十津川は、いった。

マイクロバスは、国鉄側が、用意し、十津川と、亀井の乗った覆面《ふくめん》パトカーが、先導する恰好で、北鎌倉に向って、走った。

十津川たちの乗っている車に、無線電話で、状況が入ってくる。

――今、「わかしお7号」が、地下トンネルを出て、品川駅を通過しました。

と、報告が、入る。

「どうも、わからないな」

十津川が、助手席で、呟《つぶや》いた。

運転している亀井は、前方を見つめたまま、

「何がですか？」

「犯人たちが、錦糸町で、女子供を降ろしたことだ。なぜ、そんなことをしたんだろうか？」

「人質は、男だけでいいと、判断したからでしょう」

「しかし、まだ、彼等は、五千万円を手にしてなかったんだ。それなのに、やけに、紳士的に、女子供を解放したものだと、そのときは、おかしな気がしたんだがね」

十津川は、首をひねった。

「こういう連中は、見栄っぱりなところがありますから、いいところを見せようというんじゃありませんかね。また、いいところを見せれば、五千万円を取りやすくなると思ったのかも知れませんよ」

亀井は、小さく笑った。

確かに、ああいう連中は、妙なところで、強気だったり、正義漢ぶるところがある。

だが、それでも、まだ、十津川は、完全に納得できないものがあった。

三人は、列車の中で、殺人を犯している。

その上、列車からの脱出に失敗した。後難をおそれたN組では、彼等を破門するだろうということぐらいは、わかっている筈だ。

追いつめられている筈である。だからこそ、逃走資金として、五千万円を要求して来たのだろう。

とすると、人質は、多ければ多いほど、よかったのではないのか。最後の最後で、女子供だけを解放するというのならわかるが、最初の中《うち》に、解放するというのは、どういうことなのだろうか？

どうも、その心理がよくわからないのだ。

「少し急ぎます」

と、亀井は、いい、サイレンを鳴らして、スピードをあげた。

北鎌倉駅に着いた。

無線電話による連絡では、「わかしお7号」は、今、戸塚《とつか》駅を通過したという。

あと、十分くらいで、この北鎌倉に、着くだろう。

神奈川県警の刑事十五人も、すでに、集っていた。

その責任者の片山《かたやま》警部と、十津川は、事前に、打ち合せをした。

北鎌倉で逮捕するが、無理はしないという点で、一致した。

用意したマイクロバスの屋根には、白いペンキを塗っておいた。ヘリから、よく見えるようにである。

そのマイクロバスに乗って来た仁村は、駅長と、打ち合せをした。

人質の乗客がいる限り、犯人たちを刺戟《しげき》してはならない。

犯人たちの要求した通り、ホームから、駅員を遠ざけておくことにした。

県警の刑事たちは、北鎌倉駅の周辺に、覆面パトカーを、五台配置させ、残りの五人の刑事は、マイクロバスの置かれた駅前の物かげに、かくれて、待機することになった。

周辺の家や、商店には、事情を話して、しばらくの間、外に出ないように頼んだ。何しろ、相手は、拳銃を持っている。怪我人が出るのが、一番怖《こわ》かったからである。

万一の時は、犯人たちを射殺するのも、止むを得ないとも、決めていた。

十六時三十分。午後四時三十分になって、「わかしお7号」が、近づいてくるのが見えた。

外房の荒々しい海を図案化したヘッドマークをつけた列車が、横須賀線を走るのは、多分、国鉄始まって以来のことだろう。

列車が、停まった。

ホームには、十津川が、たった一人で、迎えに出た。

サングラスをかけた犯人の一人が、運転席の窓から、顔を出して、十津川を見た。

「ああ、お前か」

と、相手は、いった。

五千万円入りの鞄を受け取った時の男だと、覚えていたのだろう。

「マイクロバスは、用意してあるか？」

「ああ、駅前に置いてある」

「よし。退《さ》がっていろ！」

男は、十津川に向って命令した。

十津川は、大人しく、うしろに退がった。

ドアが開き、まず、今のサングラスの男が、拳銃を手にホームに降りて来た。

続いて、五人の男が、うしろから押されるようにして、ホームに出て来た。

彼等のうしろには、やはり、拳銃を持った二人の男がついていた。その一人が、あの鞄を持っている。

五人の乗客は、これから、マイクロバスに乗せられる人質だろう。

十津川は、その五人の中に、日下の顔を発見した。どうやって、もぐり込んだのかわからないが、日下は、ちらりと、十津川を見て、ウインクして見せた。

三人の犯人に囲まれた五人の乗客は、のろのろと、ホームを進み、改札口を出て行った。

十津川は、停車している「わかしお7号」の車内をのぞいてみた。

先頭から三両には、人質になっていた男の乗客たちが、腰を下していたが、まだ、自分たちが、自由になったのがわからないらしく、動こうとしない。

「私は、捜査一課の十津川です。あなた方は、もう自由です」

と、十津川は、彼等に向って、大声で、いった。

それで、やっと、乗客たちは、ざわざわと動き始めた。

十津川は、それを見てから、改札口に向って、駈け出した。

三人の犯人と、五人の人質は、やっと、駅前に出たところだった。

マイクロバスの傍には、仁村主任が、ひとりで、立っていた。

犯人の中の青山と思われる男は、五人の人質に、拳銃を向けながら、用心深く、周囲を見廻した。

そのあと、仁村に向って、

「お前一人か？」

と、声をかけた。

「ああ、私一人だ」

「警察は？」

「君たちが、近づけるなというから、呼んでない」

「マイクロバスの中に、警官が、かくれていたりしないだろうな？」

「そんなことはしない」

と、仁村主任が、いったが、青山は、信用できないという顔で、

「中田。お前、調べて来い」

と、仲間の一人に、いった。

その中田は、右手に拳銃を持ったまま、マイクロバスの中に、入って行った。座席の下まで、のぞき込んだ。

「誰もいないぞ」

と、中田が、大声で、青山に、いった。

それでも、青山は、疑いの眼で、仁村を見つめていた。

「エンジンやブレーキに細工はしてないだろうな？　もし、そんなことをしていたら、人質の五人を、皆殺しにするぞ」

「細工はしていないし、ガソリンも、満タンにしてある」

と、仁村は、いった。

十津川は、改札口を抜け、彼等の近くまで来ていた。

県警の刑事たちは、物かげから、三人の犯人たちを、狙っている筈だった。何かのきっかけがあれば、拳銃で、狙撃《そげき》するだろう。

十津川は、内ポケットに、手をやった。

自動拳銃を抜き出すと、ズボンのベルトに、差し込み、上衣で、かくした。

五人の人質は、ひとかたまりになっている。

青山は、まだ、仁村と喋っている。中田は、マイクロバスの中にいて、ハンドルや、ブレーキを点検している。

人質を監視しているのは、残りの井崎一人である。

十津川は、日下に眼をやった。

日下も、拳銃を持っている筈だった。身体検査され、取りあげられたとは思えない。もし、拳銃が見つかっていれば、最後の逃亡のための人質には、選ばれなかったろう。

日下も、そろそろ、三人の犯人の様子をうかがっている。

十津川は、今が、チャンスだと思った。

マイクロバスが、走り出してしまえば、五人の人質が、どうなるかわからなくなってしまうし、日下も、孤立してしまう。

日下も、今がチャンスと思っているに違いない。物かげにひそんでいる神奈川県警の刑事たちも、同じことを、考えている筈だった。

十津川は、小さく息を吸い込んでから、何気ない様子で、彼等に近づいて行った。

日下も、このチャンスに、同時に行動を起こしてくれるだろうと信じてである。もし、この期待が外《はず》れたら、十津川が殺されるか、二人とも、殺されるだろう。

「ちょっと、ききたいことがあるんだがね」

と、十津川は、青山に、声をかけた。

この男が、リーダー格だから、まず、これを、捕らえてしまえば、他の二人は、手をあげるかも知れない。それに、日下もいる。

「何だ？」

と、青山が、十津川を見た。

「グリーン車で殺された男の人の遺体が、見つからないんだけど、どうしたんだね？」

「グリーン車に、放り出してあるよ」

面倒くさそうに、青山がいった。

「それが見つからないんだ。見つけて、処理しないと、国鉄としては——」

喋りながら、少しずつ、青山に近づくと、いきなり、相手に向って、体当りした。

青山の身体が、不意をうたれて、地面に転がった。

「何をしやがる！」

青山が、わめきながら、拳銃を構えようとするのを、十津川は、蹴飛ばした。

あと二人の犯人の動きは、無視した。県警の刑事たちと、日下が、何とかしてくれるだろうと、信じてである。

背後で、井崎が、

「この野郎！」

と、怒鳴った。が、その声が、途中で、消えてしまった。

振り向くと、日下が、拳銃で、井崎の頭を殴りつけていた。

バスに乗っていた中田も、ほとんど同時に、拳銃を構えて、バスから飛びおりて来た。

が、次の瞬間、物かげで狙っていた県警の刑事の拳銃が、火を吹いた。

中田が、悲鳴をあげて、その場に頽《くずお》れた。

右肩から、血が吹き出している。

十津川は、拳銃を抜いて、転がっている青山に、狙いをつけた。

「妙な真似をすると、射つぞ」

と、十津川は、いった。

日下に殴られた井崎は、うずくまったまま、呻《うめ》き声をあげている。

中田は、悲鳴をあげ続けた。

「助けてくれ！　救急車を呼んでくれ！　血を止めてくれよ！」

「みっともないから、静かにしろよ」

リーダー格の青山は、立ちあがると、中田を、叱りつけた。

そのあと、十津川に、向って、

「参ったよ。降参するよ」

と、いった。

物かげから、県警の刑事が、飛び出して来て、三人に、手錠をかけた。

十津川は、五千万円の入っている鞄を、拾いあげた。

仁村が、ほっとした顔で、

「取り戻せましたね」

「念のために、中を調べてみましょう」

十津川は、鞄を開けてみた。

中から出て来たのは、列車内に備付けてある毛布だった。

12

「五千万円は、どこへやったんだ？」

十津川は、青山を見すえた。

青山は、手錠をかけられた両手を、前に突き出すようにして、

「その鞄に入っているだろう？」

「とぼけるなよ。どこに隠したんだ？」

「知らないね。手錠をはめられたおれたちに、何が出来るんだ？」

青山は、肩をすくめて、見せた。

救急車がやって来て、肩を負傷した中田を乗せて行った。

「この二人も、連行して行って、いいですか？」

と、県警の刑事が、十津川を見る。

「連れて行って、五千万円をどうしたか、訊問《じんもん》して下さい」

と、十津川は、いった。

青山と、井崎が、連行されたあと、十津川は、日下と、亀井を呼んだ。

「日下君は、気付かなかったかね？　鞄の中の五千万を、奴等が、どうしたか？」

と、十津川は、きいた。

「私は、人質の中にもぐり込むのが精一杯でしたから」

「列車の中に、かくしたんじゃありませんか？」

亀井が、いった。

三人は、もう一度、駅のホームに戻り、停車している「わかしお７号」の車内を、隅《すみ》から隅まで、調べてみた。

グリーン車の床に、浜寺信人の死体が転がっていたが、五千万円はおろか、千円札一枚落ちていなかった。

十津川は、死体の処置を、県警に、電話で頼んだ。

「五千万円は、列車の中にも無かったし、三人の犯人も、持っていなかった」

と、十津川は、北鎌倉のホームで、亀井と日下に、いった。

県警が、車内の死体を引き取って行ったあと、「わかしお7号」は、千葉の幕張《まくはり》基地に回送されて行った。

「犯人たちは、途中で、五千万円を投げ捨てたんでしょうか？」

亀井が、きいた。

「折角《せっかく》手に入れた五千万円を、捨てる筈はないよ」

と、十津川は、笑った。

「すると、奴等は、五千万円を鞄から出し、何かの袋に詰めかえて、走っている列車から投げ落としたということになりますね」

亀井が、いう。

「多分ね」

「あとで、そこへ取りに行くことになっていたわけですか？」

日下が、口を挟む。

「しかし、それは、おかしいな」

と、亀井が、首をかしげた。

「それまでに、誰かに、拾われてしまう危険があるよ。五千万円といえば、かなりの大きさだからね」

「すると、誰かと、しめし合せて、落とすところを決めておき、走行中の『わかしお７号』から、落としたということになりますね」

と、日下が、いった。

確かに、日下のいう通りだった。それなら、五千万円が、消えてしまった説明がつく。

「しかし、どうやって、しめし合わせたんだろう？」

と、十津川が、いった。

「列車についている無線電話を使ったんじゃありませんか？　外には、彼等の仲間が、何人もいると思いますから」

日下がいうと、十津川は、笑った。

「それは駄目だよ。列車の無線電話は、総合指令所としか、交信できないんだ。仲間との連絡には、使えないよ」

「それなら、この列車に、乗り込む前に、仲間と、打ち合わせておいたんじゃありませんか？」

日下がいう。

亀井は、首を横に振った。

「それはないな。あの三人は、最初、グリーン車の浜寺信人を殺すために、『わかしお7号』に乗り込んだんだ。殺すことには成功したが、逃げるのに失敗した。それで、居直って、五千万円を、脅し取ることを考えたんだ。前もって、打ち合せてあったとは、思えないね」

「しかし、そうだとすると、どうやって、彼等は、五千万円を――?」

日下が、わからないという顔で、呟いた。

「あれだよ」

急に、十津川が、ぱちんと、指を鳴らした。

「何ですか?」

亀井が、びっくりした顔で、十津川を見た。

「彼等が、錦糸町で、女子供を釈放したろう。あれが、どうも、気になっていたんだ。あまりにも、物わかりが、良すぎたからね。あの時、彼等は、仲間の一人を、外に出したんだよ」

「なるほど」

亀井が、肯いた。

だが、すぐ、また、首をかしげてしまった。

「しかし、警部。錦糸町で、解放されたのは、一人じゃありませんよ。子供も入れて、四十二人が解放されたんじゃありませんか。その中の誰が、彼等の共犯者だったか、わかりますか？」

「いや、たった一人、いるじゃないか」

と、十津川は、いった。

「誰ですか？」

「グリーン車で殺された浜寺信人と一緒にいた女さ。確か、新宿のクラブで働いているホステスだ」

「しかし、警部。あの女は、殺された浜寺の女なんじゃありませんか？」

「浜寺が、襲われた時のことを、考えてみたまえ。三人の犯人は、浜寺が、『わかしお7号』のグリーン車に乗っていることを、ちゃんと知っていて、襲ったんだ。誰が、あの三人に、それを教えたんだろう？　一番、よく知ってるのは、当人と、一緒に行くことになっていた、あの女さ。しかも、新宿のクラブで働いている。新宿は、三人の属していたＮ組の縄張りだ」

「彼女が、裏切っていたわけですか？」

「すぐ、逮捕しましょう」

と日下が、勢い込んでいった。

ひろみこと、原田ゆう子の指名手配が、行われた。

翌日、ゆう子は、五千万円を持って、台湾へ逃亡しようとするところを、空港で、逮捕された。

十津川が、考えたとおり、ゆう子は、浜寺信人と関係があり、彼から、いろいろなものを買って貰っていた。

いわば、浜寺は、ゆう子のパトロンだったが、彼女は、店に時々来るN組の青山と親しくなった。

金の密輸の仕事で、N組と、浜寺の間がおかしくなってから、ゆう子は、一層、青山との関係を深くしていった。

浜寺が、彼女を誘って、南房総に行くことになったとき、そのくわしい日時などを、青山に知らせた。

浜寺を、裏切ったのである。

三人は、グリーン車で、浜寺を射殺したあと、次の駅で、逃げることにしていたのだが失敗してしまった。

そのあと、乗客を人質にして、五千万円を、国鉄から脅しとることを考えた。その金を、列車から投げ落とし、拾う役を、ゆう子にやらせることにしたのである。

青山から頼まれたゆう子は、他の女性客たちと一緒に、錦糸町で降ろされた。そのあと車を用意し、青山からいわれていた場所に、先廻りし、列車から、五千万円が、投げ落とされるのを待った。

青山は、もし、自分たちが、逮捕されたときは、その金で、優秀な弁護士を用意してくれと、ゆう子に、いっていたらしい。

「でも、青山たちが、逮捕されてしまったら、弁護に、金を使うなんて、ばかばかしくなって、五千万円を持って、東南アジアへ、行こうと、考えたのよ」

と、ゆう子は、十津川に、いった。

「つまり、持ち逃げしようとしたわけか？」

十津川がきくと、ゆう子は、肩をすくめて、

「刑務所に入る人のために、お金を使ったって、仕方がないじゃないの」

といった。

急行「だいせん」殺人事件

1

東男《あずまおとこ》に、何とかを逆にいって、東京に育った新井久美子《あらいくみこ》は、大阪生まれの三浦秀人《みうらひでと》と結婚することになった。

べつに大阪の男が好きだったわけではない。大学を出たあと、新宿《しんじゅく》西口に本社のある東西商事に勤めたのだが、同じ課にいた先輩の三浦と付き合うようになったら、彼が、たまたま大阪の人間だったというだけのことである。

三浦は、東京の、久美子と同じ大学を出ていて、ほとんど話に、関西なまりがなかったから、最初は、東京生まれかと思っていた。

大阪の生まれだとわかったのは、知り合った一年後に、彼が、突然、大阪支社への転勤を命ぜられたときだった。

そのとき、実は、大阪生まれだと、三浦がいったのである。それまで、なぜか、三浦は、大阪のことを話題にしたことがなかった。

三浦が、大阪へ行ってから、ときどき、電話がかかってきたり、手紙が来たりしていたが、そのうちに、彼が、東西商事を辞《や》めたらしいという噂《うわさ》が流れてきて、電話も、手紙も、ぱったりと、なくなってしまった。

手紙を出しても、転居先不明で、返ってきた。

久美子も、年ごろなので、縁談が持ち込まれることもあったし、同じ会社の男性から、結婚を申し込まれたこともあったが、気がすすまず、断わってしまった。

そして、ある日突然、三浦から、電話がかかってきたのである。

「会いたいんだ。もし、会ってくれるなら、これから、新幹線で、飛んで行くよ」

電話で三浦にそういわれたとき、久美子は、ふいに、涙が流れた。

(あたしは、この人が好きだったんだ)

と、思った。

一年半ぶりに会った三浦は、前よりも太って、堂々としていた。

以前の三浦は、ひょろりと痩《や》せていて、どこか頼りなかったのだが、それがいかにも、一人前の男という姿になっていた。

「いつまでも、他人《ひと》に使われていても仕方がないと思って、友だちと二人で、事務所を作ったんだ」

と、三浦は、いった。

事務所というのは、調査事務所で、最初のうちは、お客もなく、大変だったが、やっと、軌道にのってきて、かなりの収益も、あげられるようになったのだという。

久美子は大阪に行き、彼の両親や、兄弟にも会い、また、梅田《うめだ》近くのビルの中にある事務所にも、連れて行ってもらった。

「三柳《みつやなぎ》調査事務所」と看板の出ている事務所は、百平方メートル近い広さがあり、女事務員も二人使っていた。

ただ、共同経営者だという友人の柳田《やなぎだ》という男は、好きになれなかった。

三浦より三歳年上の三十歳で、なかなかの美男子なのだが、笑っているのに、眼が暗く、沈んでいるように見えたからである。

「いろいろと苦労してきた男でね。頼りになるやつなんだ」

と、三浦は、いった。

確かに、頼りになりそうな男ではあった。しかし、人生の裏を見ているうちに、彼自身が汚れてしまった。そんな感じがするのである。

しかし、だからといって、三浦に対する愛情は、変わりはしなかったし、プロポーズされたときには、ためらわずに、イエスといった。

結婚式は、大阪の一流ホテルで、盛大に行なわれた。

大阪の著名の財界人から、祝電が寄せられて、参列した、久美子の両親や、兄弟を驚かせた。

新婚旅行は、最初、ヨーロッパへでもと、話し合っていたのだが、仕事が忙しくて、どうしても、休暇がとれないということで、山陰への二泊三日の旅行ということになってしまった。

久美子は、それで満足だった。今、三浦の仕事が、大事なときだと、よくわかっていた。ヨーロッパを歩くより、出雲大社《いずもたいしゃ》で、二人の愛を誓い合うほうが、どんなに素晴らしいだろうかと思っていた。

二人は、大阪駅から、午後九時三四分発の大社行きの「だいせん5号」に乗ることにした。

急行だが寝台客車が六両ついたブルートレインである。

指定席の客車が三両、それに、B寝台客車が六両、合計九両に、電源車と荷物車がつき、それを機関車が牽引《けんいん》して行く。

まだ梅雨明け前の時期のせいか、列車はすいていた。

大阪駅には、両方の家族や、友人たちが見送りに来てくれた。

その中には、当然、柳田の顔もあった。

柳田は出発の時刻が近づくと、自分が音頭をとって、万歳を叫び、それから、二人に向かってニヤッと笑った。

「しっかりやって来いよ」

と、柳田は、三浦に向かっていった。

そのいい方が、なにか下品な感じで、久美子は、嫌な気がしたが、列車がホームを離れ、柳田の姿も、ほかの見送りの人たちの姿も、遠ざかってしまうと、嫌な感情は、いつの間にか、忘れてしまった。

2

二人の席は、7号車の中ほどだった。

上中下の三段ベッドだが、三十パーセントぐらいの乗客しかなく、二人が向かい合って腰を下ろした、9、10番寝台も、上段、中段はあいていた。

その一角だけは、二人だけの世界になっていると、久美子は思った。それは、彼女を一層幸福にした。

「驚いたわ」

と、久美子はいった。

「何がだい？」

「えらい人から、一杯、祝電が来たでしょう？　太陽商事の営業所長さんとか、大阪市の助役さんなんかから。びっくりしちゃったわ。見直したっていったらいいのかな」

久美子は、三浦のために、果物ナイフで、りんごの皮をむいてやりながら、ニコニコした。

本当に、見直したのである。

友人と二人で、調査事務所を始めたと聞いたときは、そんなことをして、はたして、うまくいくのだろうか、と、危ぶんだものだった。

それが、なかなか、うまくいっているようだし、今日の結婚式では、関西地方のお偉いさんからの祝電が、集まって、久美子を驚かせもしたし、改めて、三浦を見直しもしたのである。

調査の仕事は、信用が第一である。信用を売っているといってもいい。信用がなければ、誰も、調査を頼みに来たりはしない。

市の助役や、大商社の太陽商事の営業所長などから、祝電が寄せられたというのは、三浦のやっている事務所が、それだけ、信用があるということだろう。

皮をむいたりんごを、二つに割って、三浦に渡し、久美子は、自分も食べた。式の間、ほとんど何も食べなかったので、お腹が空いていて、おいしかった。

「信用のできる調査をしているからね」

と、三浦は、いった。

「太陽商事なんかの調査って、どんなものを引き受けるわけ？」

久美子がきいた。三浦の仕事を、いろいろと、知りたかった。

「新入社員の素行調査なんかだね」

「市役所のほうも同じ？」

「まあ、同じだね。ほかにも中小企業の経営者なんかから、どこそこの企業と提携したいが、相手が信用できるかどうか、調べてくれという調査の依頼もあるよ。うちで調べたところ、土地も、工場も二重、三重の抵当に入っているのがわかって、報告したところ、助かりましたといって、お礼をいわれたことがある。もし、知らずに、提携していたら、何億円という赤字をしょい込むことになったといってね」

「じゃあ、事務所の仕事は人助けにもなっているわけね」

久美子がいうと、三浦は、くすぐったそうに笑って、

「そういうこともあるね。まず、儲《もう》けなければ、どうしようもないけどね」

「私も、やってみたいな。何か、資格が必要なの？」

「いや、日本の場合は、アメリカと違って、資格は必要ないんだ。だから、私立探偵事務所も、調査事務所も、勝手に開けるが、それだけに信用ができるまでが、大変だよ。そうだな。君には、素行調査でも、やってもらおうかな。ああいう調査は、女性のほうがいいんじゃないかと、思うんでね」

「新婚旅行から帰ったら、あなたに、要領を教えてもらって、やってみるわ」

と、久美子は、はずんだ声でいった。

久美子は、昔から、探偵ごっこが好きだったから、もう、一人前の調査員になったような気がしていた。

「柳田さんのことなんだけど――」

と、間をおいて、久美子がいった。

「ああ」

三浦は、煙草に火をつけた。

「あなたに悪いんだけど、あんまり、好きになれないわ」

「付き合ってみると、いい男だよ。ちょっと癖のある男だから、毛嫌いする人もいるけどね」

「どういう経歴の人なの？」

「彼は、大手の調査会社で働いていたんだ。すごく、優秀な調査員だったらしいが、会社に所属していると、収入は歩合制で、つまらない。それで、独立して、僕と一緒に、事務所を始めたんだ。だから、この仕事は、彼に教えてもらったようなものだよ」

と、三浦はいった。

急行「だいせん5号」は、福知山《ふくちやま》線経由で二二時一〇分に宝塚《たからづか》に停まったあと、生瀬《なまぜ》、武田尾《たけだお》、道場《どうじょう》と通過して、二二時三五分に、三田《さんだ》に停車した。

もう寝台にもぐり込んで眠ってしまった乗客もいるらしく、軽い寝息も聞こえてくる。

「今日は疲れたろう」

と、三浦が、いたわるように、

「そろそろ、寝たほうがいいんじゃないか。大社着は、朝の七時二〇分と、早いからね」

「ええ」

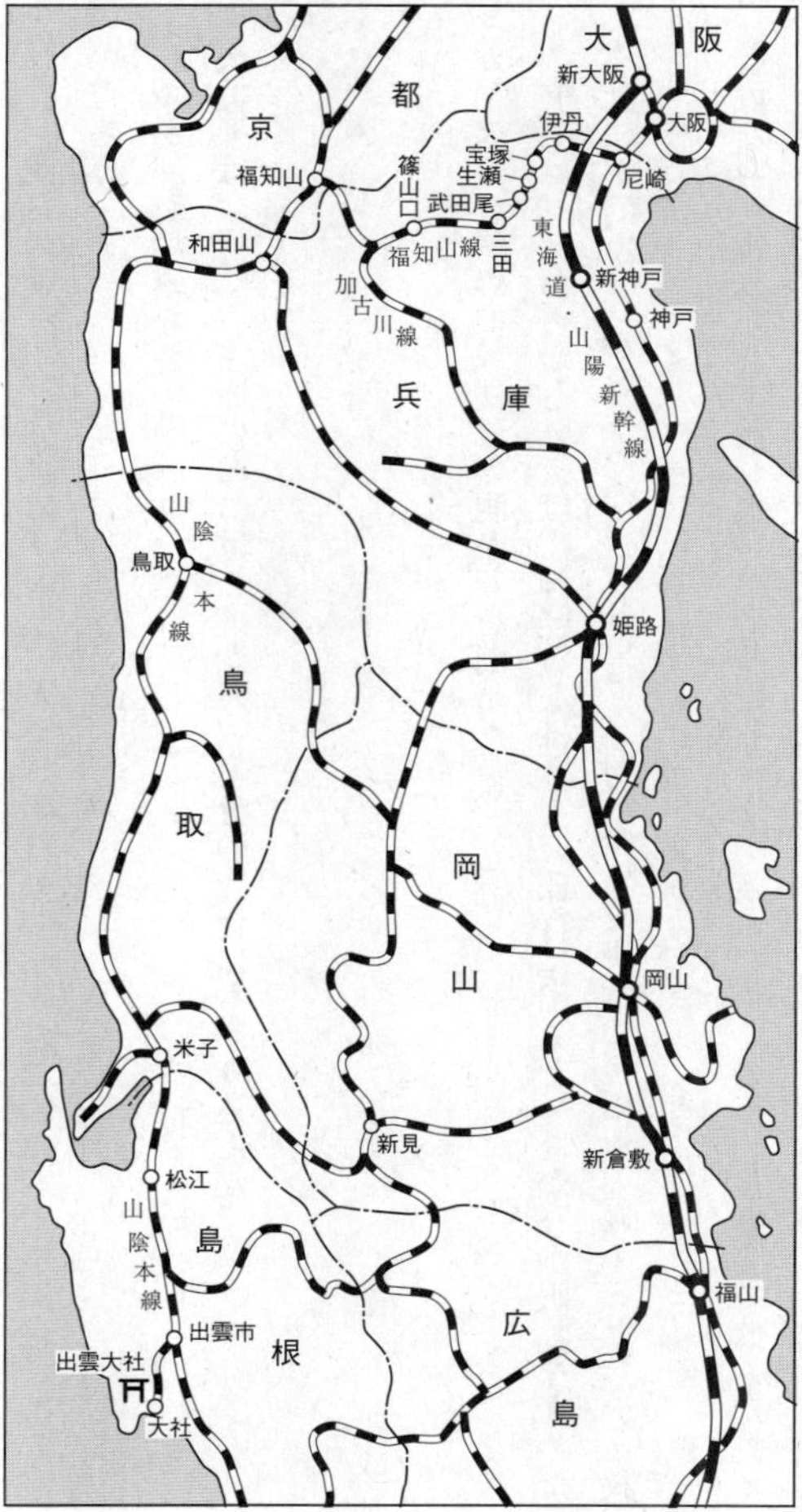

大
阪
新大阪
大阪
京
都
伊丹
宝塚
生瀬
武田尾
篠山口
尼崎
福知山
和田山
福知山線
三田
東海道・山陽新幹線
新神戸
神戸
加古川線
兵
庫
山陰本線
鳥取
姫路
鳥
取
岡
山
岡山
米子
新見
新倉敷
松江
山陰本線
島
根
広
島
福山
出雲市
出雲大社
大社

と、久美子は、肯《うなず》いた。

三浦と、おしゃべりをしているのも楽しいが、確かに、緊張の連続で、疲れてもいた。それに、明日の朝早く、列車は、大社に着く。明日の楽しみのためにも、早く寝たほうがいいだろう。

「じゃあ、お休みなさい」

久美子は、軽く、三浦に口づけしてから、自分の寝台にもぐり込んだ。

3

カーテンを閉めて、枕元の明かりを消した。

久美子は、どちらかといえば、神経質なほうで、旅行に出ると、なかなか眠れなかった。それに、「だいせん5号」の寝台客車は、旧式の三段寝台で、幅も、五十二センチと狭い。

普段なら、輾転《てんてん》として眠れないところだろうが、疲れているのと、披露宴で飲んだワインのせいか、すぐ、眠り込んでしまった。

眼をさましたのは、夜が明けてからだった。

腕時計を見ると、五時を少し過ぎていた。

カーテンを開け、寝台から出た。

前の三浦の寝台は、まだカーテンが閉まっている。

彼が起きるまでに、化粧をすませておこうと思い、久美子は、パジャマ姿で、化粧道具を持ち、通路に出ると、洗面所のほうへ歩いて行った。

「だいせん5号」は、走り続けている。

通路の窓の外を、朝の山陰の景色が流れていく。

洗面所では、寝巻姿の若い女が、顔を洗っていたが、久美子を見て、

「お早う」と、笑った。

確か、彼女も、カップルで大阪の駅で賑《にぎ》やかな見送りを受けていたはずである。

ああ、あの二人も、新婚さんだなあ、と思った記憶がある。

久美子は、なんとなく、連帯感みたいなものを覚えて、微笑した。

「お早う。あなたも、大社まで？」

「いいえ。松江《まつえ》で降りるの。そこに、彼の両親の家があるのよ」

と、女がいった。

年齢は、十九歳ぐらいだろうか。

「お先に」

と、いって、彼女が、行ってしまうと、久美子は、歯をみがき、顔を洗った。

列車が、停車した。

窓からのぞくと米子《よなご》だった。五時一二分と、早いせいか、降りる客も少ないし、乗ってくる客もほとんどない。

化粧をすませて、自分の寝台に戻った。

が、三浦は、まだ、眠っているらしく、カーテンを閉ざしたままだった。

久美子は、もう少し寝かせておいてやろうと、自分は、寝台に腰を下ろし、窓の外に眼をやった。

五時五二分に、松江着。

ホームに眼をやると、さっきの若い女が、背の高い青年と腕を組んで、列車から降りるのが見えた。

白いスーツケースを下げ、胸に花を飾っている。

(やっぱり、新婚さんだったんだ)

と、思って、久美子は、嬉しくなった。

列車が、松江を出てから、久美子は、着がえをした。

それでも、三浦の起きてくる気配はない。

（よほど、疲れていたんだわ）

と、思ったが、七時近くなると、可哀そうでも、起こさなくてはならなくなった。

窓の外は、完全に明るくなっている。二人の前途を祝福するような、上天気だった。

久美子は、カーテンを、そっとあけると、

「あなた」

と、優しく呼んだ。自然に、甘い声になった。

だが、次の瞬間、彼女の口元に浮かんでいた微笑が、凍りついてしまった。

顔色が変わり、膝が、がくがく、ふるえ出した。

パジャマ姿で、仰向《あおむ》けに寝ている三浦の胸に、果物ナイフが突き刺さって、パジャマが、血で赤く染まっていたからだった。

4

悲鳴をあげていたのだろう。

車掌長が、飛んできて、

「どうしたんですか？」

と、聞く。

久美子は、何かいおうとするのだが、言葉にならず、ふるえる指先で、前の寝台を指さした。

「何ですか？　ゴキブリでもいるんですか？」

車掌長は、そんな呑気《のんき》なことをいいながら、三浦の寝台をのぞいたが、

「あッ」

と、声をあげた。

それからが、大変だった。

終着の大社駅に着くと、車掌長が、駅員に知らせ、駅員が、一一〇番した。

最初に駅前の派出所の制服姿の警官が駆けつけ、次には、島根県警の刑事や、鑑識がやってきた。

久美子は、同じことを、何度もきかれた。

「この男の名前は？」

「あなたとの関係は？」

「いつ眠ったんですか？」

「夫が刺されて、殺されるのを気付かなかったんですか?」

「列車の中で、けんかをしたんじゃありませんか?」

久美子は、そんな質問に、ほとんど答えられなかった。

三浦が、死んだということさえ、まだ、半信半疑の感じなのだ。

三浦の身体に、すっぽりと毛布が、かぶせられて、担架に乗せて運ばれて行っても、本当に、死んだのだろうかという気がした。

久美子はパトカーに乗せられ、出雲市警察署へ、連れて行かれた。
三十五、六歳の小太りの刑事が、武骨な手つきで、お茶を出してくれた。
「県警の秋元《あきもと》です」

と、その刑事がいった。

警部補で、この事件を、担当することになったという。

「簡単な食事を用意しましたが、どうしますか?」

と、秋元が、きいた。

「今は、何も食べたくありません」

と、久美子は、いった。

「そうでしょうね。新婚旅行と聞きましたから、そのショックはわかります」

わかっているなら、しばらく、そっとしておいてほしいと思ったが、久美子は、口に出してはいわなかった。

「申しわけないが、事件を解決するためです。いろいろと、聞かせてください」

秋元は、おだやかにいった。

「大社駅で、もういろいろと、お答えしましたけど」

「ええ。わかっています。殺された方は、三浦秀人さん。二十七歳。大阪で、三柳調査事務所をやっておられるんでしたね」

秋元は、メモを見ながら、確認するようにいった。

「ええ」

「昨日、七月十二日に、結婚式をあげて、『だいせん5号』で、新婚旅行に出られた?」

「ええ。そうですわ」

「このメモによると、午後十一時ごろ、寝台に入って、眠ってしまい、眼がさめたのは、十三日の朝の五時ごろだったとありますが、そのとおりですか?」

「朝、起きたときは、腕時計を見ましたから、五時ちょっと過ぎだったのは確かですけど、寝たのは正確に十一時だったかどうか、わかりませんわ」

「どの駅に停まったのまで、覚えていますか?」

「そんなことが、必要ですの？」

「すべてに、正確を期したいのですよ」

「さんだという駅に停まったのは、覚えていますけど」

「三田ですか」

秋元は、おうむ返しにいってから、大きな時刻表を持ち出して、ページを繰っていった。

『だいせん5号』の三田着が、一二時三五分か。次は、一三時〇六分に、篠山口《ささやまぐち》ですが、この駅は、覚えていますか」

「いいえ」

「とすると、その前に眠られたということですね？」

「ええ」

「三浦さんの胸に突き刺さっていた果物ナイフは、今度の旅行に、持って来られたものですか？」

「ええ」

と、肯《うなず》いてから、久美子は、昨日、あの果物ナイフで、りんごの皮をむいて、二人で食べたことを思い出し、顔から、血の気がひいていくのを感じた。

「あなたが買われたんですか？　それとも三浦さんが？」

「大阪駅へ見送りに来てくれた母が、これで、果物の皮をむきなさいといって、渡してくれたんです」

「なるほど」

「あの人を、誰が、いったい――?」

「それをわれわれも、知りたいと思っていますよ。十二日の午後十一時ごろに眠ってから、朝の五時まで一度も、眼をさまさなかったんですね?」

「ええ」

「その寝台で、三浦さんが刺されたのも、わからなかったわけですね?」

何気ないきき方だったが、久美子は、皮肉をいわれた気がして、

「おかしいと思うかもしれませんけど、本当に、眠っていて、気がつかなかったんです。嘘《うそ》じゃありません」

と、むきになって、いった。

秋元は、微笑した。

「べつにおかしいとは思いませんよ。私なんかも、疲れて眠ったときは、隣りに、雷が落ちても、気がつかずに、眠っていますからね」

5

秋元は、黙って、自分の書き込んだメモを読み返している。

その間、久美子も、じっと、悲しみをかみしめていた。

「三浦さんとは、いつごろ、知り合われたんですか？」

ふいに、秋元が、顔をあげてきいた。

「三年前ですわ」

久美子は、東京の会社で、一緒だったことから話した。

三浦との思い出を話していると、少しは、悲しみが、やわらぐような気がした。

秋元は、適当に相槌《あいづち》を打ちながら聞いていた。

「そうですか。大阪で、調査事務所をやって、成功されたんですか？」

「ええ。結婚式のとき、市の助役さんや、太陽商事の営業所長さんからも、祝電を頂いたんです」

「そりゃ、大したものだ」

と、秋元は、本当に、感心した顔をしてから、

「事務所の名前は、三柳というんですか？」

「ええ」

「なぜ、三柳なんです。三浦調査事務所のほうが、ふさわしいと思いますがね？」

「柳田というお友だちと、共同で、やっているので、両方の名前をとって、三柳としたんですわ」

久美子がいうと、秋元は、きらりと、眼を光らせた。

「共同経営者がいたんですか。その柳田という人は、どんな男ですか？」

「三浦より年上で、昔は、大きな調査会社で働いていた人だと、いっていましたわ。調査の仕事は、柳田さんから習ったそうです」

「あなたは、あまり、好きじゃないみたいですね？」

秋元は、見すかすように、いった。

久美子は、はっとしながら、

「ええ。あまり好きじゃありませんでしたわ」

「なぜです？」

「理由は、ないんです。なんとなく、信用がおけない気がして」

「なんとなくね」

と、秋元はちょっと考えているようだったが、

「その柳田さんも、大阪駅へ、あなた方を、見送りに来ていましたか?」

と、きいた。

「ええ」

「間違いありませんか?」

「列車が出るときになったら、柳田さんが音頭をとって、万歳を三唱してくれましたもの」

「そうですか」

「照れくさくて、いやでしたけど」

「あなた方の乗った『だいせん5号』に、柳田さんが、飛び乗ったということは、考えられませんか? 発車間際に、飛び乗ってですよ。そして、車内のトイレにでも、かくれていたと」

「それは、考えられませんわ」

「なぜです?」

「列車が発車してから、私たちは、ずっと窓から、見送りに来てくださった人たちへ、手を振ってました。柳田さんは、ホームにいて、最後まで見送っていましたもの」

「それでは、乗り込むわけには、いきませんね」

と、秋元は、肩をすくめた。

久美子も、ひょっとして、柳田が、と思わないではなかったが、彼が、「だいせん5号」に乗らなかったことだけは、はっきりしているのだ。

「三浦さんが、誰かに憎まれていたということは、ありませんでしたか？」

「わかりませんわ。調査事務所を始めてからの彼については、よく知らないんです。でも、誰かに憎まれていたら、仕事はうまくいかなかったんじゃないでしょうか？」

と、久美子はいった。

6

昼近くなって、三浦の両親と、柳田が、知らせを受けて、出雲市に、やってきた。

久美子の両親は、いったん東京に帰ってしまっていたが、夕方には、母親の文子《ふみこ》が、飛んで来てくれた。

いつも明るくて、ニコニコしている文子も、さすがに、青ざめた顔で、

「いったい、どうなっちゃったの？」

と、久美子にきいた。

「私にも、何がなんだかわからないのよ。朝になって、顔を洗ってから、三浦を起こそうとしたら、彼が、果物ナイフで殺されていたのよ」

久美子は、母親が来てくれたことで、いくらか、落着きを取り戻していた。

「それで、犯人の心当たりはないの？」

「ないわ。でも、警察は、私が殺したんじゃないかと疑ってるみたい。秋元って刑事さんは、違うみたいだけど、ほかの刑事さんは、私だと思ってるんだと思うわ」

「そんな――」

と、文子が、驚いているところへ、秋元警部補が、やってきた。

文子は、青い顔で、

「うちの娘を、犯人扱いするなんて、間違っていますよ。許せませんよ。娘と三浦さんは、愛し合って、一緒になったんです。それを、なんで殺すことがあるんです？」

と、食ってかかった。

秋元は、苦笑しながら、手を振った。

「私は、べつにお嬢さんを犯人とは思っていませんよ」

「この人が、秋元さん」

と、久美子は、小声で、母親にいった。

秋元は、そんな母娘の様子を、ニコニコ笑いながら見ていたが、

「お嬢さんには、われわれの捜査に協力していただいているわけです」

と、文子にいった。

「何かわかりましたの？」

久美子が、きいた。

「今、三浦さんの解剖結果の報告があって、死亡時刻がわかりました。三浦さんが死んだのは、十三日の午前〇時から一時までの間です。『だいせん5号』についていえば、福知山と、次の停車駅和田山《わだやま》の間ぐらいですが、その間、何か覚えていることは、ありませんか？」

「残念ですけど、前にもいったように、五時に眼がさめるまで、何も覚えていないんです。車掌さんが、何か知っているんじゃありません？」

「車掌さんにも、いろいろ、きいてみましたよ」

「それで、何かいっていましたの？」

「いや、ぜんぜん、気がつかなかったそうです。無理もないと思いますね。『だいせん5号』は、1号車から3号車までが、座席指定車で、4号車から最後尾の9号車までが、寝

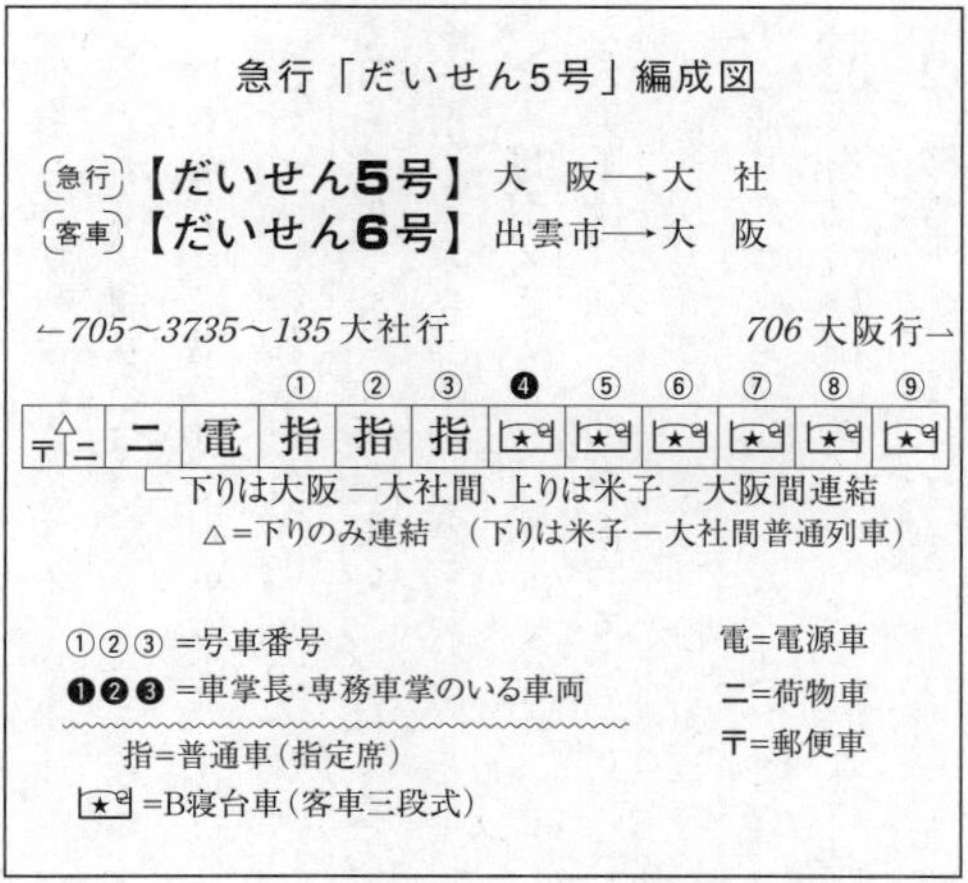

台車になっているんです」

　秋元は、紙の上に、列車の編成図を書いた。

「福知山着が、○時一二分、和田山着が、一時一四分です。この時間に、福知山や、和田山に降りる人は、わざわざ寝台車には乗りません。みんな、1号車から3号車までの普通の座席指定にする。寝台車の乗客が降りるのは、夜が明けてからで、米子あたりからだというわけです。また、午前○時や一時ごろに、寝台車に乗ってくる客もいなかったともいっています。そんな夜中にわざわざ、寝台車に乗るのなら、夜が明けてから、一番の列車にする」

「そうでしょうね」

「だから、福知山でも、和田山でも、1号車から3号車までは、多少の乗り降りがあったが、４号車から９号車の寝台車では、まったく乗り降りがなかったというんです。したがって、車掌さんは、４号車から９号車までの寝台車には、注意を払わなかったとね」

「何も、わからないんですの」

久美子は、溜息をついた。

ハネムーンに出かけた列車の中で、夫が殺されたというのに、何もわからないのだ。

きっと、いわれるだろう。向かい合った寝台に寝ていたくせに、夫が殺されたとき、何も知らずに、ぐっすり寝ていたとは、なんという新妻だろうと。

「お前、東京へ帰るだろう？」

と、母が、きいた。

久美子は、強く、頸《くび》を振って、

「大阪へ戻ります」

「三浦さんは、もういないんだよ」

「犯人を見つけ出したいの。そうしなければ、彼に申しわけないわ」

と、久美子は、いった。

申しわけないというのは、本心だった。しかし、それ以上に、久美子は、そうしなければ、自分がやり切れなかったのである。

7

三浦の遺骨は、大阪の寺に葬られた。

新婚旅行中に殺された事件ということで、新聞やテレビは、大きく扱ったが、その多くは、興味本位の取りあげ方だった。

〈新婚旅行の途中、寝台列車の中で刺殺さる〉

と、書く。それはいいのだが、たいてい、次の言葉が続くのだ。

〈隣りの新妻は、何も知らずに熟睡〉

ときには、明らかに、こちらに重点を置いた書き方をした新聞もあった。

週刊誌は、もっと露骨だった。

三浦を殺したのは、久美子の昔の男で、彼女は、それに気がついたが、黙っているのではないか。そんなようにとれる書き方をした週刊誌もあった。保険金目当てに、妻が、情夫と一緒になって、夫を殺すといった事件が、続いていたせいもある。

幸か不幸か、まだ、お互い保険には入っていなかったので、妙に勘ぐられることはなかったが、寝ていて知らなかったのは嘘だろうという噂は、消えてくれなかった。

(誰が、三浦を殺したのだろうか？)

久美子は、じっと、考えてみた。

物盗《と》りの犯行だとは、警察も見ていないようだった。

久美子も、そうは思わない。現実に、財布は、盗られていなかったし、ただ単に、物盗りが目的なら、三浦を殺す必要はなかったろう。殴って、気絶させて、盗めばいいからである。

もう一つ、顔見知りだと思う理由があった。

三浦が、まったく、抵抗せずに殺されているからである。犯人が、熟睡している三浦を、いきなり刺したからだろう。つまり、彼が、10下段の寝台の切符を買ったことを知っていたことになる。

あるいは、犯人が、カーテンを開けて、そこに三浦が寝ているのを確かめたとき、三浦は気がついたが、相手が親しい人間だったので、声をださなかったのかもしれないのだ。

いずれにしろ、顔見知りの犯行であることは、間違いないと、久美子は、思った。

三浦と親しくしていた人間となると、大阪での彼の生活を、よく知らない久美子には、柳田ぐらいしか、思い浮かばなかった。

（柳田が、犯人だろうか？）

柳田に対して、いいイメージを持っていない久美子は、彼が一番怪しいと思う。

しかし、犯人が彼だとすると、動機は、何だろうか？　それに、彼には、ちゃんとしたアリバイがあるのだ。

それでも、柳田に対する疑惑は、捨て切れなかった。

三浦と柳田が、どんな具合だったのか？　パートナーとして、本当に、うまくいっていたのか？

そうした、いくつかの疑問を解き明かすには、どうしたらいいだろうかと考えた末、まず、太陽商事の営業所長に会ってみることにした。

わざわざ、二人の結婚に、祝電を寄せてくれたから、よほど、三浦と親しくしていたに違いないと思ったからである。

太陽商事は、新大阪駅近くに、七階建てのビルを持っていた。営業所長の名前は、木下《きのした》徹《とおる》だった。祝電に、そう書いてあった。

受付けで、久美子は、名前をいい、木下営業所長に会いたいと告げた。

しばらく待たされてから、五階の営業所長室に案内された。

厚いじゅうたんの敷きつめられた、広い部屋である。

クーラーが、ほどよく利《き》いていた。

机の向こうに腰を下ろしていた木下が、立ち上がって、

「いらっしゃい。どうぞ、腰をかけて」

と、久美子に、椅子《いす》をすすめた。
四十二、三歳の、すらりと背の高い、いかにも、大会社のエリートという感じの男だった。
若い女秘書が、コーヒーを持って来てくれた。

「新聞で拝見しました。心から、おくやみ申しあげます」

木下は、そういった。

「ありがとうございます」

「それで、今日は、何のご用でしょうか？」

「いろいろと、わからないことがあって、それを、所長さんにお聞きしようと思って、来

たんです」

　久美子は、何から切り出してよいかわからず、しばらく黙っていた。

　すると、木下は、急に、いらいらした様子を見せて、

「早く、いってくれませんか」

と、眼をとがらせた。

　久美子は、相手の突然の変わりように、びっくりして、

「え？」

「早くしてくれませんか。私も、忙しいんで」

「申しわけありません。ただ、何から、お聞きしたらいいか、わからなくて」

「そんなふうに、もったいぶらなくたっていいじゃないか」

　次第に、木下の態度が、嶮《けわ》しくなってきた。

　久美子は、ますます、当惑して、

「何のことかわかりませんけど。私は、ただ、亡くなった三浦のことで――」

「わかった。待っていなさい」

　木下は、ひとりで、勝手に肯くと、自分の机の引出しから、小切手帳を持ってき、久美子の見ている前で、数字を記入して、渡してよこした。

「取りあえず、そのくらいで、勘弁してほしい」

と、木下は、ぶっきらぼうにいった。

久美子が見ると、百万円の金額が、書き込んであった。

「これは、何でしょうか？」

「不足かね？」

「不足も何も、今日は、こんなものを頂きたくて、伺《うかが》ったんじゃありません。三浦が、誰に、なぜ、殺されたのか、それを知りたくて、何か、手掛かりでもと思って、伺ったんです」

久美子がきっぱりというと、木下は、眉を寄せて、じっと、彼女を見つめていた。

「それは、本当ですか？」

木下は、語調を変えて、きいた。

「本当ですわ」

「しかし、なぜ、私に？」

「結婚式のとき、わざわざ祝電をくださったので、亡くなった三浦が、よほど親しくしていただいたに違いないと思ったからですわ。それで、ひょっとして、所長さんにきけば、犯人の手掛かりでもつかめるんじゃないかと思いまして」

久美子が、必死でいうと、木下は、じっと聞いていたが、急に、クスクス笑い出した。

8

久美子が、あっけにとられていると、木下は、

「これは、失礼。自分が勘違いしたのがおかしくて、つい、自分を笑ってしまったんです」

「何のことか、私には、さっぱりわかりませんけど」

「本当に、何もご存じないようですな」

「はい」

「正直にいって、私は、三浦さんとは、あまり親しくはないのですよ」

「でも、それなら、なぜ、わざわざ祝電をくださいましたの？」

「それは、怖かったからです」

「何が、怖かったんですの？」

「はじめから、話しましょう。ただ、亡くなった三浦さんを傷つけることになりますが、かまいませんか？」

「はい」

「三浦さんは、柳田さんと調査事務所を開いたが、当初は、なかなか客が来なかったらしい。そこで、広告を家庭へ郵送で送りつけた。それを私の家内が見たのです」

「――――」

「家内は、焼きもちやきで、私が、浮気をしているのではないかと疑っていたので、早速、三柳調査事務所に、私の女性関係を調査してほしいと頼んだのですよ。私の素行調査です。恥ずかしいことだが、そのころ、私は、会社の女子社員の一人と、関係ができていた。私の部下です。そんなことがわかれば、信用第一の会社ですから、大変なスキャンダルですよ。三浦さんは、私を尾行して、彼女のことを突き止め、私が、彼女とモーテルに入るところも写真に撮った」

「それを、奥さまに？」

「普通なら、そうするところだが、三浦さんは、そうしなかった。いや、柳田と二人はというべきでしょうね。あんな悪知恵は、調査の仕事に素人の三浦さんには、浮かばなかったでしょうから。私の家内には、私には、まったく女性関係がないと報告しておいて、私を、脅迫したんです」

「脅迫？」

「そうです。脅迫です。調査を依頼した家内に、事実を報告したら、規定料金しかとれない。ところが、私を脅迫すれば、いくらでも金がとれる。柳田という男は、大きな調査会社にいて、問題を起こしてやめたという。同じようなことをやったんだと思いますね」

「三浦も一緒に、所長さんを脅迫したんですか？」

「一緒に来ましたから。証拠写真も持ってですよ。ただ、主として話すのは、柳田のほうだった。女との関係を公にされたくなかったら、百万円払えといいました。それから、太陽商事の新入社員の素行調査をまかせろとね」

「そんなことを――？」

「一千万円といったら、私は、警察に知らせたかもしれない。だが、百万円だといったので、甘んじて払ったし、素行調査の仕事も、管理部に話して、三柳事務所に頼むことにしましたよ。だが、写真のネガは、返してくれなかった。いつでも、私を、利用し、脅かせるようにですよ。だから、あなたが来て、話があるといったときは、てっきり、三浦さんのあとを引きついで、私をゆすりに来たと思ったんですよ」

木下は、肩をすくめるようにしていった。

久美子は、身の縮《ちぢ》む思いがした。

おそらく、市の助役も、同じようにして脅し、金を取り、仕事をあっせんさせたのだろう。

三柳調査事務所が、一年足らずで、成功し、市のお偉方から、祝電が届いた理由が、これでわかったような気がした。

「申しわけありませんでした」

と、久美子は、木下に対して、頭を下げた。

「あなたが、謝る必要はありませんよ」

と、木下は、なぐさめるようにいった。

「私、何にも知らなかったんです」

「わかりますよ。亡くなった三浦さんのために、いっておきましょう。今もいったように、三浦さんは、柳田という男に、引きずられたんだと思いますよ。私が、百万円を払ったあとだった。三浦さんが電話をかけてきて、私に、こういったことがあるんです。事務所の仕事が、軌道にのったら、写真のネガも返すし、お金も、お返ししますといったことがありましたよ。これは、あなたを、なぐさめるために、いってるわけじゃない。三浦さんは、柳田という男と違って、根っからの悪党にはなれなかったんじゃないかと思いますな」

9

市の若月《わかつき》という助役には会えなかった。久美子が訪ねて行くと、会議中だからといって会ってくれなかった。

明らかに、嘘だとわかったが、相手が、逃げているということは、殺された三浦が、柳田と一緒になって、若月助役を脅迫していたことを示しているとしか考えられなかった。

疲れて、久美子は、マンションに帰った。

二人の結婚後の生活のために、三浦が、買ったマンションである。調度品も、真新しく、2LDKのこの部屋での生活を、あれこれ楽しく想像していたのに、肝心の三浦は、もう、この世にいないのである。

三浦の死は、もちろん、ショックだったが、木下営業所長の話も、ショックだった。木下が、「三浦さんは、やめたがっていた」といってくれたのが、唯一の救いではあったが。

明日にでも、柳田に会って、問いつめてみようか？

だが、柳田が、真実を話してくれるとは思えなかった。きっと、否定するだろうし、木下だって、久美子には、浮気をタネに脅迫されていたと話してくれたが、同じことを、警察に話してくれるという保証は、どこにもない。いや、むしろ、木下は、沈黙してしまうだろう。誰だって、大手の商事会社の所長の椅子は、棒にふりたくはないだろうから。

三浦を殺したのは、あの木下だろうか？

脅迫されているのに耐えられなくなって、ハネムーン途中の三浦を刺し殺す。動機は、十分だが、違うと、久美子は思った。

三浦を殺しても、柳田が、残っているからである。二人を殺さなければ、意味がないのだ。

同じ理由で、市の若月助役も、犯人とは考えられない。

残るのは、やはり、柳田だった。

三浦は、脅迫で、金を儲けたり、仕事を増やしたりするのを、やめたがっていた。おそらく久美子との結婚を機に、すっぱり、やめるつもりだったのではないか。

だが、柳田は、承知しなかった。

承知しなかっただけではない。三浦が、いつ、それを公にしてしまうかわからないと考え、口を封じるために、殺したのではないのか。

ただ殺せば、どうしても共同経営者の自分が疑われる。

そこで、ハネムーンの最中に殺すことを考えた。寝台車の中で、殺されていれば、自然に、疑惑は、新妻の久美子にかかってくる。そして、柳田は嫌疑をまぬかれる。

（柳田以外には、考えられない）

と、思った。

だが、彼には、完璧《かんぺき》なアリバイがあった。

久美子と、三浦が、急行「だいせん5号」で、大阪駅を出発したとき、柳田は、ホームで見送っていたのである。

久美子は時刻表を、広げて、「だいせん5号」のあと、大阪を出発し、山陰に向かう列車を調べてみた。

急行「だいせん5号」から、十一分おくれて、各駅停車の普通列車（福知山行き）が出るが、これではとうてい、追いつけない。

一時間十八分後に出る急行「だいせん53号」は、特定日以外は福知山始発で、この日も大阪からは出ない。

残るのは、車だった。

大阪駅で、三浦と久美子の乗った「だいせん5号」を見送ったあと、急いで駅を出ると、車に乗り、「だいせん5号」を、追いかけたのではないだろうか？

「だいせん5号」が、大阪駅を出発したのは、夜の九時三四分である。道路も、すいていたかもしれない。思いっきり飛ばせば、福知山あたりで、追いつけたかもしれないのだ。

翌日、久美子は、大阪駅へ行ってみた。

ひょっとして、十二日の夜、九時四〇分ごろ、柳田を乗せたタクシーの運転手が見つかるかもしれないと思ったからである。

やみくもに、駅前で、客待ちをしているタクシーの運転手をつかまえて、三浦と並んで写っている柳田の写真を見せていると、いきなり、背後から肩を叩《たた》かれた。

てっきり、整理係の係員に注意されたのかと思って、振り向くと、島根県警の秋元警部補が、笑っていた。

「まあ、お茶でも飲みませんか」

と、秋元は、いった。

「でも――」

「その聞き込みは、もう、私がやりましたよ。結果は、教えてあげます」

その言葉で、久美子は、駅の構内にある喫茶店に、秋元と一緒に入った。

「大阪で、柳田がタクシーを拾い、あなたたちの乗った『だいせん5号』を追っかけたんじゃないかと、考えたんでしょう？」

秋元は、アイスコーヒーを一口飲んでから、見すかすようにいった。

「ええ」

「私も、柳田が、前に働いていた大日本信用社で、問題を起こしたと知って、マークすることにしたのです。三浦さんとも、何かトラブルを起こして、殺したのではないかと思いましてね。だが、『だいせん5号』を、次の列車で追いかけたとは思えない。次の列車は、各駅停車だからです。とすると、あとは車です。そこで、大阪府警の協力をもらって、大阪駅周辺のタクシーを、一台残らず、洗ってみたんですよ」

「それで、十二日の夜に、柳田さんを乗せたタクシーは見つかりました？」

期待をこめて久美子はきいたが、秋元は首を横に振った。

「残念ですが、見つかりませんでしたよ。柳田は、十二日の夜、大阪駅周辺から、タクシーには、乗らなかったということです」

「じゃあ、自分の車で、行ったんじゃありませんかしら？　大阪駅前に、車をとめておき、私たちを見送ってから、その車で、『だいせん5号』を追いかけたんじゃありませんの？」

「いや、違いますね。柳田は、運転免許を持っていないし、車も、持っていないからですよ」

「じゃあ、彼は、犯人じゃないんでしょうか？」

「私が調べたところ、十二日の夜、あなたたちを見送ったあと、酒を飲みに行こうという話が出たそうです。男たちの間でですよ。いつもなら、真っ先に賛成するはずの柳田が、あの日に限って、用があるといって、姿を消してしまったというのですよ。柳田は、やはり『だいせん5号』を追いかけて行って、三浦さんを殺したのだと思いますね」

「でも、列車は、使えないし、車も駄目だとすると、柳田さんが犯人なら、どうやって、『だいせん5号』を追いかけられたんでしょう?」

「どうですか? 今夜、もう一度、私と一緒に、『だいせん5号』に乗ってみませんか?」

10

あの日と同じように、「だいせん5号」は、大阪駅の一番線ホームに入っていた。

違うのは、誰も見送りの人がなく、三浦がいないことだった。

秋元は、寝台券ではなく、座席指定券を買った。

今日は、どうせ、眠れないだろうと思ったからだったし、その点は、久美子も、賛成だった。

二人は、3号車に、並んで腰を下ろした。

定刻の二一時三四分に、「だいせん5号」は発車した。

そのとき、隣りの二番線ホームに、次の普通列車が入線しているのが見えた。

小雨が降り出していた。

「あなたは、何か隠していますね？」

ふいに、秋元が、いった。

どう返事してよいかわからなくて、久美子が、黙っていると、秋元は、続けた。

「三柳調査事務所の評判をきいてみたんですが、あまりよくないのですよ。そのくせ、くわしくきこうとすると、口を閉ざしてしまう関係者が多い。どうも、何か、犯罪の匂いのすることがあって、それが、今度の事件の布石になっていたんじゃないかと思うのですよ。もし、あなたが、何か知っているのなら、話していただきたいですがね」

「知っていれば、話しますけど――」

と、久美子は、いった。

だが、彼女のあいまいないい方から、秋元は、逆に、知っていると判断したらしく、

「どうですか。三浦さんを殺した犯人をあげたいなら、何もかも話してくれませんか？　私は、柳田が犯人だと思っているし、彼のアリバイは、必ず、破れると信じています。ただ、動機がはっきりしない。それを知りたいので、お願いしているのですがね」

「考えてみますわ」

と、久美子は、いった。

「だいせん5号」は、あの日と同じように、宝塚、三田と、停車しながら、山陰に向かって走って行く。

窓の外には、夜の闇が広がり、細かい雨が、斜めに光って走っている。

「十二日は、そろそろ、ベッドに入って、眠られたんでしたね」

と、秋元は、腕時計を見ながらいった。

十一時近くになっていた。いやでも、あの日のことが、鮮明に思い出されてきた。

あのとき、自分が眠らずに起きていたらと、考えてしまう。

秋元も、急に口数が少なくなって、黙ってしまった。

午前〇時一二分に、列車は、福知山の山陰本線ホームに到着した。

福知山線と、山陰本線との合流点だけに、ホームも、三面作られている。

深夜だが、寝台車と違って、久美子たちの乗った座席指定車からは、何人かが降りて行き、乗ってきた。

「べつに、何も見つかりませんわね」

と、久美子がいった。

柳田が犯人だとしても、車で、この「だいせん5号」を追いかけてはいないのだし、次の普通列車では、追いつかないのだ。

「実は、私の部下の加藤《かとう》刑事を、この列車より十一分おくれて大阪駅を出る普通列車に、乗せたんですよ」

と、秋元は、ホームに眼をやった。

「でも、先に出た急行に、各駅停車の普通列車で、追いつけるとは、思われませんけど」

「確かにそうですが、柳田が犯人なら、何とかして、先に行った『だいせん5号』に追いついたはずです。それも、福知山と、和田山の間ぐらいでね。死亡時刻から見て、そう思えます。しかし、車は使わなかったし、飛行機は、九時を過ぎていて、飛んではいない。とすると、やはり、鉄道を使ったとしか考えられないじゃありませんか？　そして、『だいせん5号』の次に、福知山に向かって、大阪駅を発車するのは、二一時四五分発の各駅停車の普通列車しかないんです」

「でも、普通列車が、急行を追い越すとは、考えられませんわ」

「もちろん、追い越すとは、考えていませんよ。現に、この列車は、もう、福知山に着いているのに、普通列車は、まだ、着いていませんからね」

「ええ」

久美子は、肯いて、腕時計に眼をやった。

福知山に着いてから、もう、八分近くたっている。

「なぜ、発車しないのかしら?」

「なぜですかね」

秋元は、ふと、微笑した。

十分たった。が、いぜんとして、「だいせん5号」は、ホームに停まったまま、動こうとしない。

十五分過ぎた。

「故障かしら?」

久美子は、窓ガラスに顔を押しつけるようにして、ホームを見た。が、駅員が、あわてている様子はなかった。

とうとう、二十分過ぎてしまった。

しかし、「だいせん5号」は、いぜんとして、出発する気配はなかった。

急に、通路に足音がして、二十七、八歳の男が、息をはずませて、3号車に飛び込んできた。

秋元の傍に来て立ち止まると、ぜいぜい息をしながら、

「間に合いました!」

と、秋元にいった。

秋元は、久美子に向かって、微笑した。

「これが、さっき話した加藤刑事です。普通列車に乗ってもらった――」

「じゃあ、間に合ったんですのね？」

「そうです」

「でも、なぜ？」

福知山線・山陰本線（下り）

		急行だいせん53号	福知山行	急行だいせん5号
大阪	発	2252（大阪発は特指定日のみ）	2145	2134
			レ	レ
宝塚	〃		2226	2210
生瀬	〃		2232	レ
武田尾	〃		2241	レ
道場	〃		2250	レ
三田	着		2255	2235
	発		2256	2236
			レ	レ
篠山口	着		2328	2306
	発	レ	2329	2309
			レ	レ
福知山	着	113	033	012
	発	126		039
		レ		レ
和田山	着	200		114
	発	210		115
		レ		レ大社

「同じ線の普通列車が、急行を追い越すことは、絶対にあり得ない。『だいせん5号』だって、福知山着は、〇時一二分で、次の普通列車は、〇時三三分なんです。二十一分も、おくれて、福知山に着くし、普通列車は、福知山止まりですから、ここで追いつけなければ、もう駄目です。ただ、先に着いた『だいせん5号』が、福知山で、長時間停車していてくれれば、間に合うわけですよ。夜行列車は、目的地に、適当な時間に着くために、途中で、時間調整をすることがよくあるのです。中には、途中駅で、一時間以上も、停車する夜行列車もあるくらいです。その気になって、時刻表を見直したら、『だいせん5号』は、福知山に、〇時一二分に着くが、福知山を発車するのは、〇時三九分になっているんですよ。つまり、二十七分間も、福知山駅に停まっているんです。次の各駅停車の普通列車は、〇時三三分に福知山に着くから、ゆっくりと間に合うんです。ただ、数字の上だけでは、不安だったので、あなたに一緒に乗ってもらい、加藤刑事も使って、実験してみたんです。実験は、成功しました」

秋元は、満足そうに、ニッコリした。

久美子は、隣りの福知山駅ホームに入っている普通列車に眼をやった。

「これで、あの男が、犯人だと、決まったわけですわね」

「アリバイは、消えました。あとは、この駅の駅員や、車掌からの聞き込みで、柳田が、十二日に、この福知山へ来たことが証明されると思いますよ。それで、殺人犯人として、逮捕できます」

「二十七分間——」

十二日には、その二十七分間を、久美子は、眠ってしまっていたのだ。たぶん、殺された三浦もである。

犯人の柳田だけが、その二十七分間を、巧みに利用したのだ。

「これから、どうします？　大阪へ帰られますか？」

と、秋元が、きいた。

「ここまで来たんですから、このまま、出雲大社まで行きますわ。彼の分も、お参りしてきたいと思うんです」

と久美子は、いった。

殺意を運ぶ列車

1

高木《たかぎ》は、毎朝、出勤前に、自宅近くを、ジョギングする。

調布《ちょうふ》市深大寺《じんだいじ》の近くで、最近、建売住宅やマンションが増《ふ》えたが、それでも、ところどころに、雑木林《ぞうきばやし》があったりして、少しは、武蔵野《むさしの》の面影《おもかげ》を、残している。

まだ、周囲はうす暗かった。

走っている中《うち》に、少しずつ、明るくなって来た。

あと、一時間もすると、バス停へ行くサラリーマンの姿が、目立ってくるのだが、この時間では、人の姿は、眼に入らない。

立ち止まって、タオルで、吹き出してくる汗を拭《ふ》いている時だった。

突然、路地から、人影が飛び出して来て、高木にぶつかった。

高木が、「あっ」と、声を出して、よろけたが、相手はそのまま、彼に、もたれかかってきた。

若い女だった。

「何だい？　おい」

と、文句をいった高木が、顔色を変えた。

もたれかかって来た女の背中から、真っ赤な血が、流れ落ちていたからである。

「助けて――」

と、女が、血の気の引いた顔でいった。

「今すぐ、救急車を呼んでやる」

「危《あぶな》いのよ、助けて――」

「わかってる。すぐ救急車を――」

「タイショウ――」

「何だって？」

「いえ。ショウワが、危いわ。助けて――」

「何のことなんだ？」

「ショウワが――危い――」

女の声は、急速に、かすれていった。

とにかく、病院へ運ばなければ、と、高木は思い、女の身体を、地面におろすと、近くの公衆電話に向って、走って行った。
五、六分して、パトカーと、救急車が、一緒に、やって来た。
救急隊員は、横たわっている女の脈をみ、次に、心臓に耳を当てていたが、パトカーからおりて来た刑事に向って、首を横に振って見せた。

「死んでいるんですか」

と、刑事の一人がきいた。

「ええ。出血がひどいから、多分、出血死でしょう」

高木は、まだ、びっくりした顔のまま、見守っていた。

殺人ということになって、新しく、刑事が何人もやって来た。

高木は、亀井《かめい》という中年の刑事に、しつこく、事情を聞かれた。

死んだ女が、死ぬ間際《まぎわ》に、何をいったかについては、何度も、繰り返し、いわされた。

少しでも、前と違うと、なぜ、違うのかと、突っ込まれた。

亀井刑事が、もっとも拘《こだわ》ったのは、被害者が、口にした「タイショウ」と「ショウワ」

という言葉だった。

「それは、大正と昭和ですか？」

と、亀井が、きく。

「そうだと思いますよ。僕には、そう聞こえましたから」

「死ぬ人間が、なぜ、年号を口にしたんですかね？」

と、また、亀井がきく。刑事にすれば、当然の質問だろうが、高木に、その理由が、わかるわけがなかった。

「知りませんよ。ただ、そういったんですから」

と、高木は、いった。

「被害者のことは、知っていましたか？」

「いや、知りません。名前も、どこに住んでる人かもです」

「背中を刺されているんですが、犯人を見ませんでしたか？」

「誰も、見ませんよ。とにかく、汗を拭いていたら、いきなり、ぶつかって来たんです。あの路地からね」

と、高木は、その細い通りを、指さした。

若い刑事が、白いスーツケースを見つけて来た。

「被害者のものだと思いますが」

と、その刑事が、いっている。

「僕は、もういいですか?」

と、高木はきいた。

2

十津川《とつがわ》警部が、この事件を、担当することになった。

被害者は、深大寺近くのマンションに住む、佐伯《さえき》ゆう子、二十五歳である。

新宿《しんじゅく》西口に本社のある電器メーカーに働くＯＬで、独身だった。

昨日、四日間の休暇願を出している。

スーツケースを持って、朝早く、出かけたところをみると、休暇を利用して、旅行に出るところだと、見ていいだろう。

「スーツケースの近くに、ハンドバッグも落ちていましたが、財布なども、盗《と》られていません」

と、若い西本《にしもと》刑事が、十津川に、報告した。

「すると、常識的に考えて、怨恨《えんこん》の線だね」

「そう思います。犯人は、被害者と、顔見知りだと思います」

と、亀井刑事がいった。

「それで、彼女のダイイング・メッセージが、問題になってくるんだが」

十津川が、いうと、亀井は、手帳にメモしたものに、眼をやりながら、

「それが、奇妙なメッセージなんです。これは、高木というサラリーマンが、聞いたわけですが、彼女が、突然、ぶつかって来て、『助けて』と、いったそうです」

と、いい、メモを、十津川に見せた。

助けて
危いのよ、助けて――
タイショウ
いえ。ショウワが、危いわ。助けて――
ショウワが――危い――

「その順番に、いったというんです」

「タイショウは、大正だろうね」

「それだけなら、いろいろな言葉が想像されます。例《たと》えば、大将でもいいわけですが、そのあとに、ショウワがありますから、恐らく大正と、昭和だと思います」

「しかし、ショウワが危いというのは、どういう意味かね？」

「全《まった》くわかりません」

「高木という男は、信用できるのかね？」

「大手の商事会社のサラリーマンで、信用おけると思います」

「しかし、このダイイング・メッセージは、どう解釈したらいいのかねえ」

「普通は、犯人の名前を、いうものですが」

「大正、昭和という名前があるかな？」

「ないこともないと思いますが、企業名の方が、多いんじゃありませんか。特に、昭和という企業は、多いですよ。人物名は、あまり聞いたことがありませんね」

「しかし、昭和が危いといったんだろう？」

「高木というサラリーマンは、そう聞いたといっています」

「最初に、大正といい、次に『いえ、昭和が危い』といったんだな。被害者は、いい直したことになる。危いというのは、どういう意味かな？」

「これが、人名なら、彼女以外に、狙われている人間が、いて、それを助けてくれと、頼んだんだと、解釈しますがね」

亀井も、首をひねっている。

「昭和という名前の人間がいるのかも知れないね。被害者は、とっさに思い出せなくて、確か、年号と同じ姓だったと思い、大正といい、昭和と訂正した——」

「あり得ますね」

「彼女の交友関係を洗ってみようじゃないか。その中に、昭和という名前の人物がいれば、その人間が、狙われることになる」

と、十津川は、いった。

二人は、パトカーで、新宿西口にある太陽電器本社を訪ねた。

殺された佐伯ゆう子は、ここの管理課に、勤めていた。

十津川たちは、三浦《みうら》という管理課長に会った。

彼女が殺されたと聞くと、さすがに、三浦は、顔色を変えた。

「信じられませんよ。四日間休むといって、旅行に行って来ますと、元気に、いってたんですから」

「行先はいっていませんでしたか？」

「それは、聞いていません」

「ひとりで行くことになっていたのか、どうかは？」

「それも知りませんね。社員のプライバシイには、立ち入らないことにしています。今の若者は、嫌《いや》がりますからね」

「彼女に、恋人は、いませんでしたか？」

「いたと思いますね。美人で、スタイルもよくて、魅力的ですからね。私は、てっきり、恋人と、旅行に行くんだと思っていましたが」

「この会社に、昭和という姓の人はいませんか？」

「昭和ですか？　そういう名前の人間はいなかったと思いますが」

と、三浦はいい、社員録を出して、調べてくれた。

なるほど、昭和という社員は、いなかった。

3

十津川たちは、佐伯ゆう子と、一番仲がよかったという同じ課の中本《なかもと》ひろみに、話を聞くことにした。

同じ二十五歳だが、ひろみの方は、去年、職場結婚している。そのぶん、落ち着いた感じだった。

「私には、彼と一緒に旅行するんだって、楽しそうに、話していましたわ」

と、ひろみは、あっさりいった。

「彼の名前は、昭和じゃありませんか？」

亀井がきくと、ひろみは首を振って、

「そんな年号みたいな名前じゃありませんわ。確か、広田《ひろた》さんという名前でした。彼女、あんなに嬉しそうにしていたのに、本当に、死んだんですか？」

「そうです。それで、ぜがひでも、犯人を捕えたいのです。その広田さんと、どこへ旅行するか、いっていませんでしたか？」

「それが、いつもなら、教えてくれるのに、今度は、帰ってから、報告するわって、いっていたんです」

「なぜですかね？」

「さあ、楽しいけど、ちょっと怖《こわ》いのって、いっていましたわ」

「婚前旅行だからかな？」

と、十津川が、きくと、ひろみは、首を横に振って、

「彼とは、前にも、旅行していますわ。北海道へ。その話は、聞いたことがあるんです」

「じゃあ、何の旅行だったんだろう?」

「さあ」

「広田という男の人のことを、くわしく、教えてくれませんか? 住所や、勤め先は、知りませんか?」

「同じ京王《けいおう》線沿線に住んでいるとは、いっていましたけど、それ以外は、あまり知らないんです。年齢は、確か、三つ上だとも、いっていましたけど」

「彼を見たことがありますか?」

「一度だけ、会ったことがありますわ。スポーツマン・タイプの感じのいい人でした」

ひろみは、それ以上、知らないようだった。

あとは、死んだ佐伯ゆう子のマンションを調べて、広田という男の住所を、見つけるより仕方がなかった。

「早く、ダイイング・メッセージを解きたいね。下手《へた》をすると、もう一人、誰かが殺されそうな気がするんだ」

と、十津川は、いった。

深大寺にあるマンションの五階に、彼女の部屋があった。

1DKの部屋である。

狭いが、きれいに片付けられていた。

十津川たちは、その中で、手紙を探した。広田という男からの手紙は、ないかどうかである。

机の引出しに、手紙の束《たば》があり、その中に広田徹《とおる》という名前のものが、見つかった。

住所は、下高井戸《しもたかいど》になっている。京王線の沿線である。

「これだな」

と、十津川はいい、その手紙を持って、パトカーに、戻った。

甲州街道を、下高井戸に向って走りながら、十津川は、その手紙を読んだ。一ヵ月前に出されたものだった。

〈君とは、時々、ケンカをして、別れようなんて、口走ったりしてしまうが、やはり僕には、君が必要だ。

この頃、特に、それを、強く感じている。

長い春にならない中《うち》に、君と、結婚したいと思っている。僕は、口下手だから、うまく、いえないが、この手紙を、プロポーズと思ってくれないか〉

そんな言葉が、並んでいた。

「二人は、結婚する気だったんだ」

と、十津川は、運転している亀井に、いった。

「すると、犯人が広田という男の筈《はず》はありませんね」

「ないね。それに、もし、何かあったとしても、あんな場所では、殺さないさ。一緒に旅行へ行くことになっていたらしいから、殺すとしても、旅先でだろう」

と、十津川は、いった。

下高井戸に着くと、マンションの前に、車をつけ、管理人を連れて、三階の広田の部屋に、駆け上った。

「何かあったんですか？」

と、管理人が、びっくりした顔で、きく。

「広田さんは、今、部屋にいるかね？」

亀井が、きいた。

「留守《るす》ですよ。旅行に行くと、いってましたから」

「今朝、出かけたのかね？」

「いえ、一昨日《おととい》の午後です」

「一昨日？」

「ええ」

「どこへ行ったか、わからないかね？」

「そこまでは、わかりませんが――」

と、管理人が、いった。

広田の部屋には、カギが、かかっていた。

「カギは、持ってないのかね？」

「マスター・キーは、ありません。最近は、マスター・キーは持っていては、いけないんです」

「しかし、部屋に、明りがついてるよ」

と、十津川が、管理人に、いった。

「そんな筈はありませんがねえ。広田さんはきちんとした人で、出かける時は、いつも、明りを消して行くんですが」

「カギ穴からのぞいてみたまえ。明りがついている」

と、十津川は、いった。

管理人は、腰を落して、のぞいていたが、

「本当ですね、おかしいですね」

「本当に、出かけたのかね？」

「ええ。一昨日《おととい》の午後、マンションの前で、お会いしたんですよ。一週間ほど、留守にするって、おっしゃっていましたけどねえ」

「錠をこわして、中に入ってみましょう。緊急の場合です」

と、亀井が、十津川に、いった。

（ひょっとして、出かけた筈の広田が、中で死んでいるのではないか？）

十津川も、その不安を感じた。

決断して、管理人に立ち会って貰って、錠をこわして、ドアを開けた。

２ＤＫの部屋である。

どの部屋にも、明りがついていた。管理人は、さかんに首をひねっている。

十津川は、一つ一つの部屋を、見ていった。

死体は見つからなかった。広田は、旅行に出たまま、まだ、帰っていないのだ。

「佐伯ゆう子とは、旅先で、落ち合うことになっていたのかも知れませんね」

と、亀井が、十津川に、いった。

「しかしなぜ、一緒に、出かけなかったのかな？　同じ京王線の沿線に住んでいるんだから、一緒に出かけるのは、楽だった筈なのにね」

「そうですね、不思議といえば、不思議ですが」

「どこへ行ったかさえわかればいいんだが」

十津川は、亀井と、それを見つけようと、部屋の中を、調べ廻った。

佐伯ゆう子からの手紙も見つかった。が、それにも、どこへ行くかは、書いてなかった。

「警部、どうも、この部屋は、誰かが、何かを探し廻ったような気がするんですが」

と、途中で、亀井が、いった。

「君も、そう思うかね」

「きちんと、整理されているところと、いやに、乱雑にされているところがありますし、電気がついているのも、おかしいですよ」

「誰かが、中に入ったんだよ。カメさんのいう通りにね」

と、十津川は、いった。

「しかし、部屋のカギは？」

「恋人の佐伯ゆう子が持っていたんじゃないかな。犯人は、彼女を刺したあと、彼女が落としたハンドバッグから、この部屋のキーを盗み出し、すぐ、ここへ来たんだ。まだ、部屋の中は、暗かったろうし、カーテンは閉めてあったろうから、電気をつけたんだろう」

「何を探したんですかね？」

「多分、旅行の行先を示すものだろう。われわれに、邪魔されたくないんだと思うね」

「それは、殺しをですかね？」

「犯人が、まず、佐伯ゆう子を殺し、次に、広田という青年を、殺す気でいるとすれば、それを、警察に、邪魔されたくないんだ」

「どこなんですかね？　広田が、行った場所は」

亀井が、いらだちを見せて、いった。

「それが、このダイイング・メッセージなんだ」

と、十津川が、いう。

「大正じゃなく、昭和というダイイング・メッセージですか？」

「そうだよ」

「しかし、それが、ある場所を、示すとは、とても、思えませんが」

「カメさん。よく考えてみよう」

と、十津川は、いった。

あのダイイング・メッセージは、奇妙ではあっても、被害者が、必死になって、何かを訴えているのだ。

次の悲劇を、防いでくれと、いっているのだ。

4

「広田と、佐伯ゆう子は、結婚する気でいたカップルだ」

と、十津川は、復習するように、今までにわかったことを、口にした。

亀井は、黙って、聞いている。

「その二人が、今度、一緒に、旅行することになった。男は、一週間と、管理人にいい、女は、四日間の休暇をとった。普通なら、一緒に行く筈なのに、男が二日前に、旅に出発している」

「不自然ですよ」

「そして、女は、友だちに、今度の旅行は楽しいが、ちょっと不安でもあるようなことをいっていた」

「ええ」

「どんな旅行なんだろう?」

「結婚の約束をしている男女が、別々に、出かけるという旅行ですね――」

「ああ、男の方が先に出かけ、向うで、あとで落ち合う旅行だよ」

「そうですねえ――」

と、亀井は、しばらく、考えていたが、

「一つだけ、考えられるケースがありますね」

「どんなケースだね」

「男、広田は、佐伯ゆう子と、結婚する気になっていました。プロポーズしたと思いますね。あの手紙から見てです。彼女も、OKした。そのあとの旅行だと思うんです。ただの旅行ではなかったと思います。多分、広田は、故郷の両親に、彼女を、引き合せるために、連れて行くつもりだったと思いますね」

「彼だけ、先に、行ったのは？」

「広田は、彼女のことを、両親に話してなかった。それで、まず、彼が先に故郷に戻り、両親に、彼女のことを話してから、迎えに行くことになっていたんだと思いますね。近くの駅にです」

「それなら、彼女が、友だちに、楽しいけど、ちょっと不安だみたいにいっていた理由もわかるね。初めて、彼の両親に会うわけだからね」

「そうです。それ以外に、男が、先に出発する旅というのは、考えられません」

「とすると、広田は、今、故郷に帰っていることになるね」

「そうです。彼の本籍地がわかれば、どこにいるか、わかりますよ」

と、亀井がいった。

二人は、区役所に廻り、広田の本籍地を調べた。

四国の高知県幡多《はた》郡十和《とおわ》村になっている。

十津川は、その帰りに、本屋に立ち寄って時刻表を買った。

パトカーの中で、それを広げた。

「何かあるんですか？」

と、亀井が、きく。

「ちょっと、考えたことがあってね」

と、いいながら、時刻表の索引地図を、見ていたが、

「あったよ、カメさん」

「何がですか？」

「大正と、昭和だよ。四国の高知県にあるんだよ。そんな駅が」

「駅名ですか？」

「そうだ、予土線《よど》だ。土佐大正駅《とさたいしょう》がある。その次が、土佐昭和駅《とさしょうわ》だ」

「ダイイング・メッセージは、その駅のことなんでしょうか？」

「多分ね。その駅で、広田が殺されると、佐伯ゆう子は、思ったんじゃないのかな？」

「行ってみますか？」

と、亀井が、いった。

「まだ、高知行の飛行機はある筈だ。羽田へ行こう。課長には、電話で連絡すればいいだろう」

十津川は、ニヤッと笑って、いった。

パトカーは、すぐ、羽田に向った。途中から、赤色灯をつけ、サイレンを鳴らした。

羽田に近づくにつれて、十津川の顔は、だんだん、笑いを消した、厳しいものとなっていった。

土佐昭和という駅が、どんな駅か、十津川は、知らない。

恐らく、小さな駅だろう。

広田は、その小さな駅に、あとから来る恋人の佐伯ゆう子を、迎えに出ることになっているのだろう。

ゆう子を殺した犯人は、次は、その駅で、広田を殺す気なのだろうか？

少くとも、ゆう子は、そう思ったのだ。

問題は、時刻だった。

すでに、事件は、起きてしまっているのかも知れない。

パトカーは、サイレンの音をひびかせて、羽田空港に着いた。

二人は、車から降り、出発ロビーに入って行った。

羽田から高知に、全日空便が、一日五便出ている。

一三時一〇分の便に、ゆっくり間に合った。

亀井が、切符を買っている間に、十津川は、本多《ほんだ》捜査一課長に、電話をかけた。

事情を説明したあと、

「パトカーは、空港の駐車場に、置いて行きますから、誰かに、取りに来させて下さい」

「呆《あき》れた男だ」

と、本多が、笑った。

十津川と、亀井は、ロビー内の喫茶店で、サンドイッチとコーヒーで、軽い昼食をとってから、一三時一〇分発の565便に、乗り込んだ。

高知まで、一時間二十分である。

「間に合いますかね？」

と、亀井が、きいた。やはり、彼も、同じことを、心配していたのだ。

「わからんが、行ってみるより仕方がないよ」

「犯人は、いったい、誰なんですかね？」

「恐らく、三角関係のもつれだろうから、女なら、広田の前の恋人か、男なら、ゆう子を愛していて、彼女に、捨てられた奴か」

「どっちだと思います？」

「私は、女だと、思っているよ」

「なぜですか？」

と、亀井が、きいた。

「勘だがね。強《し》いていえば、男の故郷の駅で、殺されそうな気配だからといったらいいかな」

「駅ですか」

「佐伯ゆう子は、広田が、土佐昭和駅で、殺されるんじゃないかと思った。そう思わせるものがあったんだということだ」

「ええ」

「つまり、犯人は、広田の実家が、土佐昭和駅に近いことを、知っているんだ。それで、考えたんだがね、広田の前の恋人で、彼が、結婚まで考えた女がいたんじゃないかね」

「広田は、その女を、両親に会わせたことがあると、いうことですか?」

「そうだよ。予土線の土佐昭和でおりて、広田の実家へ行った。だから、その女は、土佐昭和の駅を、知っている」

「なるほど」

「その後、二人の仲は、破綻《はたん》を迎え、広田は新しい恋人として、佐伯ゆう子を迎えた。広田は、彼女に、前の女のことを話したんじゃないかね」

「その女を、両親に、会わせたこともですか?」

「そうだよ。だから、佐伯ゆう子は、犯人が、土佐昭和へ行くと、思ったんだと、私は思うね」

と、十津川は、いった。

その推理が、当っているか、どうかは、土佐昭和駅に行けば、わかるだろう。

定刻の一四時三〇分。二人を乗せた全日空機は、高知空港に、着陸した。

ここから、土讃《どさん》本線で、窪川《くぼかわ》まで行き、そこで、予土線に、乗りかえなければならない。

広田が、何時に、佐伯ゆう子を、土佐昭和駅で、迎えるつもりでいたのかはわからない。

ともかく、十津川たちは、土佐昭和駅に向うことにした。

空港で、タクシーに乗る。三十分ほどで、高知駅に着いた。

一五時〇〇分高知発の中村《なかむら》行急行「あしずり5号」は、丁度《ちょうど》、出てしまったところだった。

次は、一五時〇八分の普通列車である。

四国に新しく投入されたステンレスの気動車である。

二人は、それに、乗った。

幸い、すいているので、二人は、並んで腰を下すことが出来た。

「犯人の顔がわからないのが、癪《しゃく》ですね」

と、亀井が、いった。

「そうだな、ひょっとすると、この列車に、乗っているかも知れないからね」

と、十津川も、いった。

列車は、しばらく高知市内を走る。さすがに、三十万都市である。

だが、二人とも、車窓の景色は、ほとんど見ていなかった。

「広田は、何時に、土佐昭和駅へ、佐伯ゆう子を迎えに、行くことにしていたんでしょうね？」

と、亀井が、いう。

問題は、それだった。

佐伯ゆう子は、今朝早く、家を出ている。

羽田発高知行の飛行機の便は、五本で、その中、午前中は、二本である。

七時二五分。

一一時二〇分。

七時二五分の便に乗ったとすれば、高知着は、八時四五分。

九時一五分に、高知駅に着くとして、九時五八分発の特急「南風《なんぷう》1号」に、乗ることが出来る。

窪川着は、一一時一六分。一二時二三分窪川発の予土線の列車に乗れる。

そして、土佐昭和着は、一三時〇〇分。

これが、約束の時刻としたら、広田はすでに殺されているかも知れない。

しかし、犯人は、佐伯ゆう子を殺したあと、下高井戸の広田のマンションに忍び込み、何かを物色した形跡がある。

とすると、犯人は、七時二五分の飛行機には、乗れなかった筈である。

「とすると、一一時二〇分の飛行機だよ」

と、十津川は、いった。

これでは、高知着が、一二時四〇分になる。

「一三時一五分の急行『あしずり3号』には、なんとか乗れた筈だよ。窪川着は、一四時四二分。ここからは、一五時二四分発に乗れるから、土佐昭和着は、一六時〇二分だ」

と、十津川は、時刻表を見ながら、いった。

「われわれは、何時に、土佐昭和に着けるんですか?」

「この列車の窪川着が、一七時四二分だ。一七時四八分発の予土線に乗ったとして、土佐昭和着は、一八時二五分だね」

「ぜんぜん、間に合いませんね」

亀井は、眉をひそめて、いった。

「間に合わないが、問題は広田の出方でね。佐伯ゆう子は、今日は、高知市内に、一泊し、広田と、電話で話してから、土佐昭和へ行くことになっていたのかも知れない。それなら、まだ間に合うよ」

「こちらのテレビや、夕刊には、東京の事件が、報道されたでしょうか?」

「どうかな。もし、高知で、大きな事件があったら、東京の事件は、消し飛んじゃうんじゃないかね」

「もし、広田が、佐伯ゆう子の死んだことを知らないとすると、ずっと、土佐昭和の駅で、待ち続けているかも知れませんね」

「殺されるのを、待っているようなものだよ」

「約束の日が、今日でなくて、明日だといいんですが」

「佐伯ゆう子が、高知で一泊してから、土佐昭和へ来ればいいがということかね」

「そうです」

「私も、そうならいいと、思うがねえ」

と、十津川は、いった。

窪川に着いた時は、もう、暗くなっていた。そのことが、十津川を、一層、不安にした。すでに、土佐昭和駅で、惨劇は起きてしまっているのではないのか。

ここまでもそうだったが、予土線にも、銀色の新しい気動車が、配置されていた。一両編成である。

車内も、きれいでいいのだが、ロングシートなので、昔の気動車のように、向い合って、座ることが出来ない。

景色を見ようとすれば、ロングシートに、横ずわりにならなければならないのが、不便だった。

車掌が、切符の精算に、廻って来た。十津川は、車掌をつかまえて、

「土佐昭和駅で、何か事件が、起きていませんか?」

と、きいてみた。

若い車掌は、変な顔をして、

「なんにも、起きていませんが」

「本当ですね?」

「ええ。聞いていませんよ」

「どうも――」

と、十津川は、いった。

しかし、安心は、出来なかった。車掌が知らないだけかも知れなかったからである。

一両だけの気動車は、深い山間《やまあい》に入って行く。新しい車両なので、エンジンの音は、静かである。

清流で有名な四万十《しまんと》川が、予土線に沿って、蛇行しながら流れているのだが、暗くて、よく見えない。

家地川《いえちがわ》、打井川《うついがわ》と、無人駅が、続く。山間の小さな駅である。

土佐大正に着いた。

ここは、少し大きくて、上下線が、すれ違えるようになっている。

次が、問題の土佐昭和である。

二人は、立ち上って、窓の外に眼をやった。

四万十川にかかる鉄橋をわたった。

土佐昭和駅に着く。小さな無人駅である。

十津川と、亀井の二人しか、降りなかった。崖の中腹にあるようなホームで、外へ出るには、階段をおりて、短かい地下道を、歩かなければならない。

何もないところだった。

駅前にとまっていた軽トラックに乗せて貰い、広田の実家へ向った。

駅から、車で、十五、六分のところにある農家だった。

前は、昭和村といったが、今は、十和村字《あざ》昭和というらしい。トラックの運転手にも聞いてみたが、土佐昭和駅では、何も起きていないということだった。

ほっとしながらも、何か、拍子抜けの感じでもあった。

広田家に着き、十津川が、警察手帳を見せると、広田の母親が、

「息子は、出かけておりますが」

と、いった。

「どこへ行かれたんですか？」

「電報が来て、高知へ行きました」

「どんな電報ですか？」

「確か、女の人の名前で、高知に着いて倒れてしまったので、ホテルへ来てくれと、書いてありました」

「差出人の名前は、佐伯ゆう子でしたか？」

「それは、覚えていませんが、息子は、引き合せたい女の人だって、いっていました」

「その電報は？」

「息子が、持って行きましたよ」

「今日中に、息子さんは帰って来ますか？」

「一時頃に、電報がきて、出かけましたから、今日中には、帰ってくると思いますけど」

「一つ、聞きたいんですが、息子さんは前に、女の人を、連れて来ませんでしたか？　今日、息子さんが、迎えに行った人とは違う女性ですが」

「半年ほど前に、連れて来たことがありましたよ。あたしは、あんまり、気に入りませんでしたけどね」

「名前を覚えていますか？」

「確か、ふみ子さんと、いったと思いますけど」

「どんな顔をしていました？」

「ちょっときつい感じで、背の高い人でした。モデルをやってるとかいってましたね。派手な感じで、嫌《いや》だったんですよ」

「次の列車は、何時でしたかね？」

5

窪川から来る列車は、次が最終だった。

二〇時四三分に、窪川を出て、土佐昭和に着くのは、二一時二〇分である。

あと、三時間近くある。

広田は、電報が、いたずらと知って、最終で帰ってくるだろう。

犯人も、同じ列車に、乗ってくるのではないか？

それならば、ここで待っていては、どうしようもない。今から、窪川に引き返して、最終列車に乗った方がいい。

十津川と、亀井は、車で、土佐昭和駅まで送って貰い、一九時二三分発の窪川行に乗った。

窪川に着いたのが、二〇時〇七分である。土佐昭和方面への最終は、二〇時四三分だから、四十分近い時間がある。

二人は、ホームのベンチに腰を下した。

「犯人の写真が、欲しいですね」

と、亀井がいう。

「しかし、広田の顔は、わかっているし、一両だけの列車で、乗客も少いから、大丈夫だよ」

と、十津川はいった。が、最終列車のせいか、二両編成で、乗客も多かった。

たちまち、二両とも、一杯になってしまった。

自由に、通路を歩き廻れないのだ。

「参ったね」

と、十津川はいった。

それでも、二人は、乗客を押しのけるようにして、両方の車両を調べてみた。

若井《わかい》、家地川と、とまるが、なかなか見つからない。

土佐大正で、かなりの乗客がおりて、いくらかすいて来た。

「あれが、広田じゃありませんか」

と、亀井が、いった。

一両目のシートに、腰を下している男だった。サングラスをかけているが、広田らしい。

十津川は、反射的に、広田の周囲の乗客を見た。

都会風の、背の高い女は、見当らなかった。

「声をかけますか？」

と、亀井が、きく。

「いや、このまま見守っていよう。犯人が現われれば、逮捕できる」

と、十津川が、いった。

音を立てて、鉄橋を渡った。間もなく、土佐昭和である。

広田が、シートから立ち上って、出口に向った。が、犯人らしい女は、現われなかった。

（ニセの電報で、呼んでおいて、何もしないのだろうか？）

と、十津川が思ったとき、コートを羽おり、帽子をかぶった男が、急に、広田に近づいた。

列車は、ホームに入った。

「あの男！」

と、十津川は、叫んだ。

帽子の男の挙動に、不審なものを感じたのである。

その瞬間、その男が、広田に背後から、ぶつかった。

広田が、悲鳴をあげた。

ドアが開いた。が、広田は、その場にくずおれた。

亀井が、帽子の男に、飛びかかって行った。

ドアが閉まり、また、列車は、動き出した。

十津川は、駈け寄って、広田を、抱き起こした。

十津川の手に、血がついた。

背中から、血が、吹き出しているのだ。

「大丈夫か！」

と、声をかけたが、広田は、顔をゆがめて、唸《うな》っている。

隣りの車両に逃げ込んだ男は、そこにいた六十歳くらいの小柄な女を、抱え込むと、血に染ったナイフを、彼女ののどに、押しつけた。

「近寄ると、殺すよ！」

と、甲高《かんだか》い声で、いった。それは、女の声だった。

近くにいた乗客は、あわてて、彼女から、遠ざかった。

「落ちつくんだ」

と、亀井は、声をかけた。

車掌が、青い顔で、十津川の傍へ、走って来た。

血だらけで、ぐったりしている広田を見て、

「大丈夫なんですか？」

と、十津川にきく。

「すぐ、病院に運びたいんだがね。次は？」

「十川《とおかわ》ですが、駅員はいません」

「医者は近くにいるかね？」

「大きな病院はないと思いますが、普通の医者なら、いるんじゃありませんか」

「向うは、どうなってる？」

「人質をとって、ナイフを突きつけています」

「くそ！」

と、舌打ちしてから、

「次の駅で、あなたが、この怪我人《けが》をおろして医者を呼ぶか、一一九番するかしてくれないか」

「列車は、どうしますか？」

「とめておけばいい。最終なら、他の列車にひびくこともないだろう？」

「そうかもしれませんが」

「私は、連れと一緒に、犯人を捕まえる」

と、十津川は、いった。

十川に着いた。

ドアが開くと、車掌が、広田を背負って、ホームへ降りた。

それを見送ってから、十津川は、隣りの車両へ、行った。

犯人は、女にナイフを突きつけたままだった。

十津川が、亀井の傍に行くと、亀井が、

「やはり、女でした」

と、いう。

「東京で、佐伯ゆう子を殺したね？」

十津川は、犯人に、声をかけた。

「みんな、隣りの車両へ行け！」

と、犯人が、叫んだ。

「もう逃げられないよ。その女の人を、放してやりなさい」

　十津川が、いった。

「逃げて、見せるわ」

「君は、もう、目的を達したんだろう？　復讐はすんだ筈だよ。そのナイフを捨てなさい」

「いやだ！」

「君の名前は、ふみ子さんだね？」

「――」

「広田は、君を、両親に引き合せた。結婚する気だったんだと思う。それなのに、他の女と、結婚することにした。君が、怒るのも当然だ。しかし、もう、復讐は、すんだ筈だよ」

　十津川は、根気よく、いった。

　だが、犯人は、眼を、血走らせて、

「なぜ、走らないの！」

「車掌がいないんだよ。君が、広田を刺したので、車掌が、彼を、おろしたんだ」

「死んだの？」

「多分ね」

「あなたたちも、隣りの車両へ行くのよ。行かないと、この女を、殺すわ」

「君と何の関係もない人を、殺すのかね？」

「それは、あなたたちの出方によるわ。隣りへ行かないと、本当に殺すわよ」

「わかった」

と、十津川は、いった。

他の乗客は、ホームに飛び出すか、隣りの車両に、逃げ込むかしてしまっている。

十津川は、亀井を促して、ゆっくりと、隣りの車両へ、移って行った。

「どうする気ですかね」

亀井が、小声で、きく。

「この列車が動かないだろうから、ここで、降りて、車に、乗ろうとするんじゃないかな」

「そのままにしておくんですか？」

「もちろん、隙《す》きを見て、逮捕するさ」

と、十津川はいった。

犯人は、女の乗客を押すようにして、ホームに、降りた。

相変らず、ナイフは、突きつけたままである。

十川の駅は、高い場所に、建てられている。

犯人は、小柄な女性客を、抱きかかえるようにして、階段をおりて行く。

十津川と、亀井も、間を置いて、そのあとに、続いた。

近くを、四万十川が、流れている。

駅の外も、暗い。タクシーも、とまってはいない。

犯人は、一瞬、途方に暮れたように、立ち止まっていた。

軽四輪が、二台並んで、とまっているのを見て、女性客を、引っ張るようにして、近づいて行った。

十津川は、眼で合図して、亀井と、二手に分れ、背を低くして、軽四輪の方へ、近寄った。

犯人は、運転席を、のぞき込んでいる。

キーがあれば、乗って逃げる気なのだろう。

一台目は、すぐ、諦《あきら》めて、隣りの車の方へ、進んで行った。

今度は、キーが、忘れられていたのか、それまで、手首をつかんでいた女性客を、突き放すと、運転席に、入り込んだ。

十津川が、車に向って、突進した。
犯人が、エンジンをかける。
なかなか、かからない。十津川は、助手席のドアを開けた。
「畜生！」
と、犯人が叫んだ。
エンジンが、かかって、車が動き出した。
亀井が、運転席側から、車に、飛びついた。
十津川が、手を伸して、相手の腕をつかんだ。
相手が、ナイフを、振り廻す。その刃が、十津川の右手を切った。
痛みが、走る。
反対側から、亀井が、犯人を、殴《なぐ》った。
車は、突進して、電柱にぶつかった。
犯人は、その反動で、顔を、ハンドルにぶつけて、呻《うめ》き声をあげた。
顔から、血が、流れている。
「この野郎！」
と、亀井が、また、相手を殴りつけた。

十津川が、犯人のナイフを、叩き落とした。

犯人の帽子が、飛んで、長い髪が、むき出しになった。

「もう諦《あきら》めろ！」

と、十津川が、怒鳴った。

＊

犯人の名前は、麻田《あさだ》ふみ子。二十七歳だった。

十津川の推測した通り、広田は、彼女に、プロポーズし、両親にも会わせていた。

その後、急に、広田の態度が、変った。広田が、佐伯ゆう子と、親しくなったからである。

それを知って、ふみ子は、佐伯ゆう子に、会いに行った。

広田と、別れてくれと、いいにである。しかし、逆に、今度、広田の両親に会いに行くといわれてしまった。

あの朝、高知に行く佐伯ゆう子を、殺した。

そのあと、広田のマンションに忍び込み、彼が、実家に帰った形跡を消した。警察に、邪魔されたくなかったからだという。

飛行機で、高知に飛ぶと、ニセの電報を打った。

広田を殺すためだった。

広田は、急所を外れていたために、二週間、入院したが、助かった。

その入院中にも、美人の看護婦を、口説《くど》いたらしい。

「どうして、そんな男のために、女二人が、ひどい目にあうんですかね」

と亀井は、ぶぜんとした顔をした。

「私にもわからないよ」

と、十津川も、いった。

復《ふく》讐《しゅう》のスイッチ・バック

1

熊本で、仕事をすませたあと、一日、余裕が出来たので、羽田《はだ》は、阿蘇《あそ》へ寄ってみることにした。

羽田の仕事は、経営コンサルタントである。

十年間、大会社の労務管理をやったあと、独立することを考えて、退職してから、アメリカ、ヨーロッパで、勉強したあと、コンサルタントの看板をかかげた。

中小企業を狙《ねら》って、売り込んだのが成功して、各地から、講演依頼が来るようになったのは、去年の春あたりからである。

まだ四十歳になったばかりで、話も上手《うま》く、海外の情報にも通じているので、羽田の講演には、人気があった。

ただ、日本中を飛び廻《まわ》ることが多くなり、そのせいで、妻との間に、すき間が出来てしまい、今年の二月に、離婚した。

十二歳の一人娘は、母親の方についてしまった。それが、今でも、羽田には、辛《つら》い。

阿蘇に行くには、普通、九州横断道路を、バスか、レンタカーで走るのが常識である。

特に、別府《べっぷ》側から、由布院《ゆふいん》を経て、やまなみハイウェイで、阿蘇へ行く人が多い。

だが、羽田は、列車にすることにした。

彼は、自分で車も運転するのだが、時々、バスに酔うことがあったからである。理由はわからない。

熊本で、ゆっくり昼食をすませてから、羽田は、一四時〇六分熊本発の急行「火の山5号」に乗った。

この列車は、九州の中央を横断する豊肥《ほうひ》本線を走り、終点の別府には一七時四〇分に着く。

羽田は、阿蘇で降りるつもりである。阿蘇着は、一五時二四分だった。

豊肥本線は、九州の東側と西側をつなぐ幹線の筈《はず》だが、実際には、単線、非電化で、羽田の乗った急行も、わずか四両連結の気動車である。

それでも、急行らしく、四両の中に、一両、グリーン車が連結されている。

羽田は、もし、混んでいたら、グリーン車に切りかえようと思い、先頭の1号車に乗ったのだが、車内は、がらがらだった。

座席は、向い合う恰好《かっこう》の四人一組の形になっていた。

羽田は、中ほどの座席に腰を下したが、そのコーナーには、向い側に、若い女が、一人座っているだけだった。

道路が完備されなかった頃《ころ》は、阿蘇観光の乗客で賑《にぎ》わったといわれる豊肥本線だが、やまなみハイウェイを始めとする道路網が完備されてから、客を、バスにとられてしまうのだろう。

これでは、2号車のグリーンは、乗客は、ゼロに近いのではあるまいか。

そんなことを考えているうちに、だいだい色の車体に、赤い線の入った急行「火の山」は、定刻に、熊本駅を発車した。

気動車特有のエンジン音が、聞こえてくる。

熊本市内を抜け、公園で有名な水前寺《すいぜんじ》駅に停車したあと、列車は、熊本平野にかかる。

写真が趣味の羽田は、愛用のカメラに、カラーフィルムを入れて、窓の外に眼《め》をやった。

間もなく、阿蘇の外輪山が、近づいてくる筈である。

国道57号線が、横を走っている。列車からは見えないが、四キロほど向うに、熊本空港がある筈だった。

羽田は、一度、冬の九州に来たことがあり、そのとき、飛行機で、熊本へのルートをとったのだが、熊本空港から見た、雪をかぶった阿蘇の外輪山の美しさに見とれたことがある。

羽田は、それを思い出していた。

肥後大津《ひごおおつ》着。熊本空港へは、ここからが、近い。

羽田は、ふと、眼の前にいる女に、眼を戻《もど》した。

急行「火の山」は、熊本の手前の三角《みすみ》が、始発駅である。面白《おもしろ》いことに、三角から熊本までは、普通列車で、熊本から急行になる。

羽田が、乗り込んだときは、もう、腰を下していたから、三角線のどこかから、乗って来たのだろう。

年齢は二十七、八歳だろうか。美しい顔立ちだが、羽田が気になったのは、そのせいではない。さっきから、ずっと、物思いにふけっている感じだったからである。

普通のＯＬという感じはしなかった。家庭の主婦という気もしない。何か、独立して、仕事をしているキャリア・ウーマンのように見える。

（何を考えているのだろうか？）

と、あれこれ、考えているうちに、列車は、次第に、登りになってきた。

気動車だから、エンジンを全開にすると、急に、音がやかましくなってくる。

羽田は、窓を開けて、近づいてくる外輪山の山脈《やまなみ》に、眼をやった。

列車は、急勾配《こうばい》に喘《あえ》ぎ、スピードが落ちる。自転車ぐらいの速さになっている。

阿蘇への入口である立野《たての》に着いた。

2

海抜二百七十七メートルにある駅で、ここから、高千穂《たかちほ》方面へ行く高森《たかもり》線が出ているが、この立野駅が有名なのは、スイッチ・バックの駅だということである。

一〇〇〇分の三三という急勾配の途中にある駅で、ここから先は、列車が、Z字形に、スイッチ・バックで、登って行く。

単線の豊肥本線は、この立野で、上りと下りが、すれ違うので、急行「火の山5号」も、七分間停車である。

停車して、ドアが開くと、羽田は、カメラを持って、ホームにおりた。

七分間停車というので、羽田の他《ほか》にも、ホームにおりて、伸びをしたりしている乗客がいた。

ここから、東二キロのところに、戸下《とした》温泉があるので、ホームには、「歓迎、南阿蘇温泉郷」の立看板が見える。

眼の前には、外輪山の急斜面が迫って、段々畠《だんだんばたけ》が、点在している。

羽田が、そんなまわりの景色を、カメラにおさめている間に、スイッチ・バックで、おりて来た上りの普通列車が、ホームの反対側に入って来た。

交換の形で、「火の山5号」は、逆方向に動き出した。

三百メートルばかり西側の端までゆっくりと走って、停車する。次は、ポイントを切りかえて、再び逆方向に、勾配を登って行くわけである。

スイッチ・バックの西端に、三十秒ほど停車して、信号が変るのを待つ。

山側は、景色が単調で、谷側が、素晴らしい。

羽田は谷側の座席に移って、窓の外に、カメラを向けた。

熊本平野が、眼下に広がっている。

ここまで、列車が登って来たことを証明するように、白川《しらかわ》の峡谷や、そこに設けられた発電所の巨大なパイプが、眼の下に見えて、楽しい。

羽田が、何枚も、写しているうちに、信号が変り、「火の山5号」は、逆方向に動き出した。

Z字形に登って行くので、今、走って来た線路や、立野の駅が、右下に見える。

他の乗客も、みんな、谷側の座席に移って、景色を楽しんでいる。

急坂を登り、トンネルを抜けると、もう、阿蘇である。

やがて、阿蘇の入口である赤水《あかみず》駅に着いた。

ここは、海抜四百六十七メートル。すでに、外輪山の中に入っている。西の登山口でもあるので、ここで、何人かの若者が、おりて行った。

ここからは、進行方向に対して、右手より、左手の方が、景色が美しくなってくる。

羽田は、元の座席に戻った。

「写真を撮りたいので、ちょっと、失礼しますよ」

と、羽田は、向い合って座っている女にいい、窓を大きく開けた。

女は、黙っている。

緑のない外輪山の壁が、連なって、素晴らしい眺《なが》めを見せている。

阿蘇でなければ、見られない、日本離れした景色である。

列車は、火口原の中を走る。

小さな無人駅を通過した。

間もなく、羽田のおりる阿蘇に着く。

網棚《あみだな》から、ボストンバッグをおろし、向いの席の女に、

「窓を閉めておきましょうか？」

と、声をかけた。

親切心もあったが、旅先で会った女性と、軽い会話をしてみたかったこともある。

だが、相手は、俯《うつむ》いたまま、返事をしなかった。

（眠っているのか？）

と、思い、窓を閉め、通路に出ようとしたとき、手に持ったボストンバッグが、女の身体《からだ》にぶつかった。

「あッ、失礼！」

と、羽田がいった。

女の身体が、ふらっと、床に倒れて、転がった。

（そんなに強く当った筈はないんだが――）

と、羽田は、思い、ボストンバッグを通路に置いて、

「大丈夫ですか？」

と、声をかけた。

女は、床に転がったまま動かない。

羽田の顔色が、変った。

(死んでるのか?)

3

羽田は、あわてて、グリーン車にいる車掌を呼んで来た。

車掌が、倒れている女を抱き起こして、声をかけながら、身体をゆすったが、反応がない。

顔は、土気色で、両手も、だらんとしてしまっている。

車掌は、女の手首をおさえて、脈をみた。

何回も、同じことを繰り返してから、

「まずいな。死んでいるみたいですね」

と、羽田にいった。

「——」

羽田が、どういっていいかわからずに、黙っていると、

「あなたのお連れですか？」

と、車掌がきく。

騒ぎに気付いて、他の乗客も、集って来た。

羽田は、そんな乗客を見廻しながら、

「偶然、僕《ぼく》の前の席にいただけの女性ですよ」

「次の阿蘇駅で、警察に届けなければなりませんから、あなたも、一緒におりて下さい」

「僕は、これから、阿蘇の見物に行くんです」

「そんなに時間はかからないと思います。一緒に、警察で、事情を説明して下さればいいんですから」

「車掌のあなたが、説明すればいいじゃありませんか」

羽田がいうと、車掌は、手を振って、

「それは、駄目《だめ》ですよ。私は、この女の人が死ぬところは、見ていませんから」

「僕だって、死ぬ瞬間なんか、見ていない。気がついたら、倒れていたんだ」

「それなら、その通り、警察でいって下さればいいんです」

車掌は、頑固《がんこ》にいった。

阿蘇に、着いた。

車掌が、すぐ、駅舎に連絡をして、駅員が駈《か》けつけて来た。

事故があったので、しばらく、停車しますとアナウンスしている。

警官もやって来た。

制服の警官だから、派出所から、飛んで来たのだろう。

仕方なく、羽田は、事情を説明した。といっても、ボストンバッグが、当ったら、突然、相手が、床に転げ落ちたとしか説明しようがなかった。

「とにかく、遺体をおろして下さい。他の乗客のことも考えなきゃなりませんから」

と、車掌が、警官にいった。

駅員と、車掌が、遺体と、彼女の持ち物の小さなスーツケースを、ホームにおろした。

「あなたは、もう一度、警察で、証言して貰《もら》いますよ」

警官が、羽田にいった。否応《いやおう》のないいい方だった。

「僕だって、忙しいんですがね」

と、羽田は、いった。

「すぐに、すみますよ」

中年の警官は、事もなげにいった。

だが、簡単には、すまなかった。

4

遺体が、駅前の病院に運ばれて、医者が診たところ、脳溢血《のういっけつ》や、心臓麻痺《まひ》ではなく、毒死の疑いが出て来たからだった。

「間違いなく、青酸中毒ですね」

と、医者は、いった。

とたんに、警官は、態度が変ってしまった。

すぐ、県警本部に電話をかけると共に、羽田《はだ》に対しても、犯人でも見るような眼つきになった。

「あなたの名前から、いって貰いましょうか」

と、警官は、じろりと、羽田を睨《にら》んだ。

「羽田明《あきら》。四十歳。東京の人間で、職業は経営コンサルタントですよ」

と、羽田は、いってから、

「いっておきますが、僕は、事件には、何の関係もありませんよ。列車の中で、初めて会った女性で、名前も知らないんですから」

「これは、殺人の疑いが、濃くなったんです」

「関係ないですよ。僕が殺したわけじゃないんだから」

「それは、これから調べれば、わかることです」

「調べるって、すぐ、帰らせて貰えるんじゃないんですか？」

「とんでもない。県警本部から、調べに来るまで、ここにいて貰いますよ」

警官は、険しい顔付きでいった。

羽田は、阿蘇《あそ》派出所で、二時間近く待たされた。

熊本県警から、刑事たちが、車を飛ばして、やって来た。

その一人が、「三浦《みうら》です」と、羽田にいってから、

「事情を説明して頂きましょうか？」

「もう、何回も、話しましたよ。この派出所のお巡《まわ》りさんにね」

「だいたいのところは、聞きましたよ。しかし、どうも、はっきりしないところがあるんですよ」

「どこがですか？」

「亡《な》くなった女性は、持っていた運転免許証から、清村《きよむら》ゆきさん、二十八歳です。住所は

東京です」

「僕と関係ありませんよ」

「三角《みすみ》から、別府までの切符を持っています」

「僕は、この阿蘇まででですよ。それだけでも、無関係だってことが、わかるでしょう？」

「いや」

「なぜです？」

「彼女は、毒死です。車内で、毒を飲んだか、飲まされたことは間違いない。前に座っていたあなたが、それに気付かないのは、ちょっと、おかしいと思うのですがねえ」

三浦という三十二、三歳の刑事は、ねちねちした感じで、質問した。

「僕は、写真が趣味で、反対側の窓から、景色を撮っていたんです。その間に、毒を飲んだのなら、気がつかないのが、当然じゃないですか」

「熊本から乗ったんでしたね？」

「そうですよ」

「座席に腰を下したら、前に、彼女が、座っていた？」

「ええ」

「その時は、生きていたんですね？」

「話はしませんでしたが、死んではいませんでしたよ」

「どんな様子でした？」

「何か、物思いにふけっているみたいでしたね」

「それから、どうしたんですか？」

「立野駅から、反対側の窓からの景色がいいので、今もいったように、通路の反対側に移って、景色を撮っていたんです。疑うのなら、僕の撮ったフィルムを現像して、見て下さい」

「その間、彼女を見ていなかった？」

「ええ」

「阿蘇の近くへ来て、前の座席に戻《もど》った？」

「赤水駅でです。その時も、まさか、死んでるとは思っていませんでしたよ。阿蘇の駅が近づいたので、網棚から、ボストンバッグをおろして、おりようとしたとき、ボストンバッグが、彼女の身体に当って、突然、床に倒れたんです。それで、あわてて、車掌に知らせました。僕が犯人だったら、車掌には知らせず、黙って、おりてしまってますよ」

「すると、列車が、赤水に着いたときには、もう、死んでいたということですか？」

「そう思いますね」

「立野までは、生きていた？」

「と、思いますがね」

「しかし、彼女が、毒を飲むところも、飲まされるところも、見ていない？」

「ええ」

「ふーん」

三浦刑事は、鼻を鳴らした。

羽田は、いらいらしてきた。

「もう、他に、話すことは、何もありませんよ。帰っていいでしょう？　東京の住所と、電話番号を教えておきますから、何かあったら、連絡して下さい」

「今、あなたが話してくれたことが、事実だという証拠は、どこにもない」

「え？」

「車内は、混んでたんですか？」

「いや。すいてましたよ。二十人ぐらいしか乗ってなかったんじゃないかな」

「じゃあ、ばらばらでしたね」

「ええ」

「あなたと、被害者のことを見ていた人はいなかったことになる」

「どういうことですか？」

「つまり、あなたのいうことが、本当かどうか、わからないということですよ」

「冗談じゃない！」

と、思わず、羽田が、叫んだ。

「こちらだって、冗談でいってるわけじゃありませんよ」

三浦刑事は、冷たくいった。明らかに、この刑事は、羽田を疑っているのだ。

「僕は、どうすればいいんですか？」

「今日は、ここの旅館に泊って貰います。その世話は、警察でしますよ。遺体を解剖して、正確な死因や、死亡時刻がわかったら、もう一度、あなたに、聞かなければならないかも知れませんのでね」

5

その日は、警察が世話してくれた旅館に泊ることになった。

阿蘇駅前には、観光客目当ての土産物店や旅館が並んでいる。

その一軒だった。

（どこに災難が転がってるか、わからないな）

と、思いながら、羽田は、旅館に入った。

女が床に転がったとき、車掌なんかに知らせず、放《ほう》っておいて、おりてしまえばよかったのだ。

なまじ、親切心と、義務感を持ったせいで、ここで、一泊しなければならない破目になってしまった。

夕食を運んで来た女中は、話好きらしく、ご飯をよそってくれながら、

「今日の列車の中で、大変なことが起きたんですってねえ。女の人が、殺されたって聞いてますけど、本当なんでしょうかしら」

「本当だよ。僕は、その列車に乗ってたんだ」

羽田がいうと、女中は、「へえ」と、眼《め》を丸くして、

「そりゃあ、大変な目にあいましたねえ」

「そうなんだ。同じ車両に乗っていたというんで、参考人として、ここへ止められちまったんだよ。ついてないね」

「でも、今頃《いまごろ》の阿蘇は素敵ですよ。いいチャンスにして、見物なさっていかれたら、いいと思いますよ」

女中は、三月末の阿蘇が、どんなに素晴らしいか、いろいろと話してくれた。

「そうだねえ。明日は、歩いてくるかな。警察が、許可してくれればだが」

羽田が、笑っていうと、女中は、急に、内緒話でもするように、声をひそめて、

「殺された女の人ですけどね」

「ああ」

「東京の人で、名前は、清村ゆきさんていうんですってね」

「よく知ってるねえ」

「狭い町だし、うちは、食堂をやってるから、駅の人とか、警察の人が、よく、食事に来るんですよ」

「なるほど。そんな時、耳をすませていると、自然に、聞こえて来るわけだね」

「ええ。亡くなった女の人って、美人なんですってね？」

「ああ、なかなかきれいな人だったよ」

「同じ人じゃないかと思うんですけど、清村ゆきさんて人が、去年、この旅館に泊ってるんですよ」

「本当？」

「そうだと思うんですよ。お帳場の人なんかとも話してたんですけど、どうも、去年の秋

に、いらっしゃった方のような気がするんです」

「名前は、同じなの？」

「ええ」

「警察にいったの？」

「うちのおかみさんが、電話で知らせてたみたいですよ。だから、今日も、阿蘇でおりて、うちへいらっしゃる予定じゃなかったかと、みんなで、いってたんですけどね」

「そりゃあ、違う人じゃないかな。警察の話だと、三角から、終点の別府までの切符を持っていたそうだから」

「でも、だからといって、まっすぐ、別府へ行く予定だったかどうか、わかりませんよ。途中下車は、出来るんですから」

と、女中は、いった。

羽田は、「そうか」と、笑って、

「途中下車が出来るんだな」

「そうですよ」

「去年の秋に来た時は、ひとりだったの？」

羽田がきくと、女中は、笑って、

「もちろん、男の方と一緒でしたよ」

「もちろんか」

「そりゃあ、おひとりで、阿蘇に見物にいらっしゃる方もいますけど」

女中は、あわてて、付け加えた。

「僕《ぼく》に気を使わなくたっていいよ。どんな男の人だった？」

「それが、中年の人でしたよ。四十七、八歳の方で、宿帳には、石田雄一郎《いしだゆういちろう》と、書いてありましたけど、あれは、偽名だと思いますわ。女の方は、本名だと思いましたけど」

「なぜ、男が、偽名だと思ったんだ？」

羽田がきくと、女中は、お茶を注《つ》いでくれてから、

「女の人が、別の名前で呼んでましたもの」

「そうか。そういうところも、ちゃんと、見てるんだねえ。二十代の女性と四十代の男じゃあ、普通の夫婦とは思えないね」

「ええ」

「君は、なかなか、観察眼が鋭いけど、二人は、どんな風な関係に見えた？」

羽田は、興味を感じて、きいてみた。

「いろいろ、考えましたよ」

と、女中は、楽しそうに、膝《ひざ》を乗り出して、

「最初は、どこかの会社の社長さんと、秘書か何かかと思ったんですよ。よく、ドラマなんかに出て来るでしょう? 社長さんと、美人秘書の関係なんて」

「違ってたの?」

「女の人が、男の人のことを、名前で呼んだり、他《ほか》に、先生って、呼んでたんですよ。社長さんのことは、先生って、呼ばないでしょう? 違います?」

「そうだな。呼ばないだろうね。だが、先生というのは、範囲が広いからねえ。最近は、誰《だれ》でも、先生と呼ぶからなあ」

羽田が、苦笑したのは、自分も、先生と呼ばれることが、多かったからである。

今は、学校の教師はもちろん、政治家も、タレントも、先生と呼ばれる世の中である。

羽田は、「火の山5号」の中で会った女の顔を思い出していた。

確かに、魅力的な女性だった。美人だっただけではなく、どこか、影のある感じだったから、余計に、魅力的に見えたのだろう。

年齢に差のある男との情事が、いかにも、似合いそうな感じだったとも思う。

(そんな情事の果てに、あの女は、殺されたのだろうか?)

6

翌日、昼近くなって、昨日の三浦刑事が、やって来た。

二階の窓際《まどぎわ》の応接室で会った。

窓の向うに、阿蘇の火口からの噴煙が見える。

「解剖の結果が、わかりましたよ」

と、三浦は、意外に、丁寧な口調でいった。羽田《はだ》が、シロだとわかったからなのか、それとも、何か、思惑《おもわく》があるのか、わからなかった。

あの女中が、お茶を運んで来て、ちらりと、羽田と、刑事の顔色を見ていった。

「やっぱり、青酸カリで、死んだんですか？」

羽田は、煙草《たばこ》に火をつけた。

「そうです。青酸中毒死です。ところが、ただの中毒死ではないのです」

「と、いいますと？」

「青酸を、口から飲んだのではなく、注射された形跡があります。胃の中に、青酸は残っていなくて、血液中に入っていたからですよ」

「すると、完全に、殺人ですね？」

「でしょうね。自殺するのに、自分の腕に、青酸を注射するというのは、ちょっと、考えられませんからね」

「腕に、注射の痕《あと》が、見つかったんですか？」

「左手の手の甲から、五、六センチ上のところに、注射の痕が見つかりました。注射されたのか、青酸を塗った針で刺されたのかわかりませんが、いずれにしろ、左手を刺されたことは、間違いありませんね」

「しかし、刑事さん。車内で、そんなことが行われたら、誰かが、気付くんじゃありませんかね」

羽田は、車内の様子を思い浮べた。

乗客が、ぱらぱらの車内。それに、谷側の景色に、みんなが気を取られていた。だからこそ、車内で、彼女が死んだのに気がつかなかったのだが、しかし、犯人は、腕をつかんで、注射したことになる。そんなことが、出来るものだろうか？

なぜ、彼女が、嫌《いや》がらなかったのか？　抵抗しなかったのか？

「そこがわからないので、あなたの意見を聞きたいのですよ」

「といっても、僕は、気がつかなかったんですからね。しかし、どんな状態で、犯人は、青酸を注射したわけですか？」

羽田がきくと、三浦刑事は、

「左手を出して下さい」

「こうですか？」

羽田が、左手を突き出すと、三浦は、手首をつかんで、押さえつけるようにしながら、ボールペンで、前腕部のあたりを、刺す恰好《かっこう》をした。

「多分、こんな感じで、刺したんだと思っています。だから、注射をしたというより、青酸を塗った針で、刺したんだと思いますね」

「すると、犯人は、彼女の前に座っていて、左手をつかんで、引き寄せたことになりますね」

「そうです。ところで、あの列車の中で、被害者の前に座っていたのは、あなたですね？」

「ちょっと待って下さいよ」

羽田は、あわてて、手を振った。

「僕は、そんなことはしませんよ。第一、彼女とは、車内で、初めて会ったんですからね」

「それは、東京の警視庁に依頼して、調べて貰《もら》うことにしますが、同じ車内で、様子のおかしい乗客は、いませんでしたか？」

「いや、気がつきませんでした。犯人が、彼女の前に座って、手をつかんだりしたら、彼女が、騒ぐんじゃありませんか？　僕は、反対側の窓から、外の景色を撮っていましたが、それでも、気がついたんじゃないかな」

「そう思いますか？」

「ええ」

と、羽田は、肯《うなず》いてから、

「犯人は、僕が、騒ぐ前に、列車から、おりてしまったんじゃないですかね」

「どこでですか？」

「阿蘇《あそ》の手前の何といったかな――」

「赤水ですね」

「そうです。赤水。あそこは、阿蘇の西の登山口だから、何人かおりましたよ。立野《たての》では、まだ、彼女は生きていました。僕が、ホームにおりて、ちらりと見たときは、窓の外を、じっと見ていたんだから、間違いありません。だから、犯人は、立野を出てから、殺したんだと思いますよ。そして、次の赤水で、さっさと、おりてしまったんじゃありませんかね。僕が犯人なら、そうしますよ」

「われわれも、その可能性があると思って、急行『火の山5号』から、赤水におりた乗客を、追いかけてみましたよ」

「それで、わかったんですか？」

羽田がきくと、三浦刑事は、得意そうに、

「わかりましたよ。『火の山5号』から、赤水でおりた乗客は、全部で十二人で、全員の足取りをつかめました。東京の人間が三人、あとは、関西や、地元の九州の人間です」

「その中に、四十代の男はいませんでしたか？」

羽田がきくと、三浦は、笑って、

「ここの女中さんに話を聞きましたね？」

「そうです。その男は、有力容疑者じゃありませんか？」

「しかし、十二人の中に、中年の男はいませんでしたよ。全員が、十代から二十代の若者です。それから、赤水以後の乗客のことも調べましたがね。それらしい中年の乗客は、いませんでしたよ」

「そうですか」

「となると、やはり、あなたに、いろいろと、おききしなければならなくなりましてね」

と、三浦は、いった。

やはり、羽田のことを疑っているのだ。

羽田は、ぶぜんとしながら、

「僕は、話すことは、全《すべ》て話しましたよ」

「そうかも知れませんが、あなたは、車内で、被害者の一番近くにいたことになる。あなたが、やったとは思いませんが、気付かずに、犯人を見ているかも知れないんです。だから、思い出して欲しいのですよ。車内に、挙動のおかしい人物がいなかったかどうか」

三浦は、ねちっこくきいた。

「覚えていませんねえ。そんな乗客は、いなかったんじゃありませんか」

羽田が、いったとき、若い刑事が、あがって来て、三浦の耳元で、何かささやき、小さなガラスケースを、手渡して、帰って行った。

三浦は、眼《め》を光らせて、羽田を見た。

「これを見て下さい」

と、三浦は、ガラスケースを、羽田の前に押し出した。

その中に、長さ五、六センチの太目の針が入っていた。

「これが、凶器ですか？」

「そうです。その先に、青酸が塗られていることがわかったんですよ。犯人は、それを、被害者の前腕部に突き刺して、殺したんです」

「どこにあったんですか？」

羽田がきくと、三浦刑事は、

「どこで見つかったと思いますか？」

と、きき返した。それで、羽田には、およその見当がついた。

「彼女の座席の近くですか？」

「そうです。つまり、あなたの座席の近くということでもあるわけですよ」

「ねえ、刑事さん。僕が犯人なら、凶器を、わざわざ、自分の近くに捨てたりはしませんよ。刺してから、すぐ、窓の外に捨ててしまいますよ。走ってる車内から捨てれば、こんな針は、どこへ行ったか、わからなくなりますからね」

「われわれは、そうは考えないんですよ」

三浦刑事は、肩をすくめて見せた。

「どう考えるというんですか？」

「犯人は、被害者の腕に、青酸を塗った針を刺した。被害者は、驚いて、腕を引っ込めた。その時、針は、突き刺さったままだったと、われわれは考えているんです。被害者は、自分の腕に刺さっている針を抜いて、床に捨てた。当然の反応です。犯人は、あわてて、落ちた針を拾おうとしたが、こんな小さなものですからね。見つからなかった。いつまでも、這《は》いずり廻《まわ》って、捜していたら、他の乗客に怪しまれる。そこで、犯人は、拾うのを、諦《あき》らめたわけですよ」

7

明らかに、三浦刑事は、羽田を疑っている。

それでも、羽田の、東京での連絡先を確認してから、帰って行った。一緒に、近くの本屋に行き、羽田が書いた経営戦略の本を示して、住所や名前が、間違いないことを、わかって貰ってからである。

阿蘇の火口を見物する気もなくなり、羽田は、早々に、東京に帰ることにした。旅館で、車を呼んで貰い、別府まで、飛ばして貰った。列車をやめたのは、嫌な思いが残っていたからである。

東京に帰ってからも、事件のことは、気になっていたが、熊本県警からは、問い合せの電話も来なかった。

（どうやら、自分に対する疑いは、晴れたらしい）

と、思い、都内の講演や、頼まれた原稿などを書いていたが、事件が起きて三日目の午前十時頃《ごろ》、二人の刑事が、羽田のマンションを訪ねて来た。

警視庁捜査一課の十津川《とつがわ》という警部と、亀井《かめい》という刑事だった。

阿蘇での事件のことでといわれて、羽田は、首をかしげた。

「あれは、熊本県警の問題じゃないんですか？」

「そうですが、被害者が、東京の人間ということで、われわれも、協力しているわけです」

と、十津川警部が、いった。

羽田は、コーヒーを二人にすすめてから、

「まだ、犯人が見つからないんですか？」

「それで、熊本県警も、困っているわけです」

「しかし、犯人は、あの列車に乗っていたんだから、目星はつくんじゃありませんか」

「当日の『火の山5号』は、乗車率が二十パーセントでしたので、すぐ国鉄にも協力して貰い、乗客全員の住所と名前がわかりました。ところが、各県警が協力して、一人一人についていて、調べていったんですが、何らかの意味で、被害者とつながる人間は、ひとりもいないのです。あなたも含めてですが」

「被害者は、確か、清村さんという名前でしたね？」

「そうです。清村ゆきさんです。世田谷《せたがや》のマンションに、一人暮しです」

傍《そば》から、亀井刑事が、いった。

「どんな女性だったんですか？」

羽田は、改めて、事件の日のことを思い出しながら、二人にきいた。

亀井は、手帳を取り出して、それを見ながら、

「年齢二十八歳。M商事の管理部長秘書をやっていました。二十四歳の時、結婚しましたが、一年で別れています」

「その管理部長の名前は、何というんですか？」

羽田がきくと、十津川は、微笑して、

「ああ、去年の秋に、被害者と、阿蘇の旅館に泊った中年男のことを、おっしゃってるんですね」

「そうです。まともな夫婦とは思えないし、恋愛のもつれからの殺人というケースだって考えられますからね。ただ、女中さんの話では、被害者は、男のことを、先生と呼んでいたといいますから、違うような気もするんですが」

「管理部長の名前は、青木徹《あおきとおる》です。年齢は四十九歳。年齢は、だいたい合っていますが、われわれが調べたところでは、二人の間に、関係があったとは、思えません。もちろん、念のために、青木部長の写真を、熊本県警に電送して、調べて貰いますがね。それより、この写真を見て下さい」

十津川は、一枚の顔写真を、羽田に見せた。

三十七、八歳の女の写真だった。どちらかといえば、古風な顔立ちである。だが、細い眼には、意志の強さのようなものが感じられた。

「誰《だれ》ですか？　この女性は」

と、羽田は、きいた。

「名前は、今はいえませんが、その女性を、事件の日に、どこかで見ませんでしたか？」

「いや。見ませんでしたね。しかし、警部さん。あの日の『火の山5号』に乗っていた乗客は、全部チェック出来たわけでしょう？　それなら、この女性が、乗っていたかどうかわかるんじゃありませんか？」

「乗ってはいません」

「それなら、犯人じゃありませんよ」

「しかし、立野という駅では、七分間停車したわけでしょう？　ホームにいて、その七分間に殺したのかも知れません」

「七分間にですか？」

「そうです。豊肥《ほうひ》本線の時刻表を見たのですが、一番停車時間の長いのが、立野の七分です。次は、豊後竹田《ぶんごたけた》の二分です。急行『火の山5号』は、三角《みすみ》が始発で、熊本では、十一分間停車して、実際には、ここが一番長いわけですが、被害者は、熊本では、殺されていない。とすると、犯人は、立野で、急行『火の山5号』が来るのを待っていたと思うのですよ。入場券で、ホームに入ったのか、或《ある》いは、別の列車で来て、残っていたのかも知れない。とにかく、七分間という時間が、必要だったのではないかと思います。立野のホームでは、乗客は、どうしていました？　車内で、大人《おとな》しく、発車を待っていましたか？」

「もう春ですからね。ホームにおりて、伸びをしたり、スイッチ・バックを見たりしている乗客もいましたね。僕《ぼく》も、ホームにおりて、写真を撮っていましたが」

「それなら、犯人には、チャンスがあったわけです。被害者のまわりに、他《ほか》の乗客がいないのを見はからって、乗り込み、青酸を塗った針で前腕部を刺して、素早く、おりてしまう。入場券で入ったのなら、駅を出てしまえばいいし、熊本方向の切符を買ってあれば、丁度来た上りの列車に乗ってしまえばいい」

「なるほど」

と、羽田は、感心したが、すぐ、首をかしげて、

「前から、疑問があったんですが、構いませんか」

「いいですよ。疑問があれば、何でもいって下さい。われわれより、あなたの方が、現場をよく知っているわけですからね」

十津川は、微笑した。

「僕は、犯人が、なぜ、針の先に青酸を塗るといった凶器を使ったのかわからないんです。なぜ、ナイフで刺さなかったんでしょうか？」

「それは、針の方が、静かに殺せるからじゃないですかね。それに、凶器も処分しやすい。血も出ない。そんな理由で、ナイフを使わなかったんだと思いますが」

「そこは、少し違うと思うんです。素人《しろうと》の僕がいうのは、僭越《せんえつ》かも知れませんが」

「どうぞ。いって下さい」

「今、警部さんは、針の方が処分しやすいといいましたが、青酸を塗った針ですからね。下手をして、自分に刺さったら大変なことです。持って歩くのも注意が必要で、怖いですよ。それに、刺した場所が問題だと思うんです。背後から近寄って、首筋に刺すというのならわかりますが、腕に刺している。向うの刑事さんもいっていましたが、犯人は、被害者の手首をつかんで、押さえておいて、腕に刺したと思われるわけです。そんな面倒なこ

とをするのなら、ナイフで、いきなり、背後や、横から刺した方が、ずっと、楽なんじゃありませんか？」

「なるほどねえ」

十津川に感心されて、羽田は、かえって、照れてしまった。

「これは、あくまでも、素人の考えですから」

「いや、確かに、凶器は問題ですね。なぜ、ナイフを使わなかったのか、そこに、事件を解くカギがありそうな気がして来ましたよ」

十津川は、真顔で、いった。

8

二人の刑事が帰ってしまったあと、羽田は、自分で持ち出した疑問を、自分で、持て余して、考え込んでしまった。

犯人が、なぜ、ナイフを使わなかったのか、それが、いくら考えても、わからない。

（自分が、犯人なら――）

と、考えてみる。

針に、青酸を塗って、それで、腕を刺すなどという面倒くさいことはやらないだろう。ナイフで刺すか、スパナで、殴りつけると思う。

しばらく考えたが、結局、答が見つからず、頼まれた講演に、出かけた。

講演先で、夕食をご馳走《ちそう》になり、クラブを一軒つき合って、自宅マンションに帰ったのは、午後十一時を過ぎていた。

酔いが残っていて、機械的に、ドアを開けて、中に入った。

（おや？）

と、思ったのは、入ってしまってからである。

（電気をつけて、外出したかな？）

その瞬間、思いっきり、後頭部を殴られて、羽田は、その場に、昏倒《こんとう》してしまった。

何時間、気絶していたのかわからない。眼を開け、頭の痛さに、顔をしかめながら、電話のところまで歩いて行き、一一〇番した。

パトカーと、救急車が来てくれて、羽田は、治療のために、近くの救急病院に運ばれた。

十津川警部と、亀井刑事が、飛んで来たのは、一時間もしないうちだった。

頭に包帯を巻かれている羽田を見て、

「大丈夫ですか？」

と、きいてから、十津川は、

「あなたが、殴られたと聞いて、ひょっとしてと思いましてね」

「阿蘇《あそ》の事件のせいで、僕が、やられたと思われたんですか？」

「そうです」

「しかし、僕は、犯人を見てないんですよ」

「熊本県警の話では、あなたは、写真が趣味で、阿蘇でも、写真を撮られたということですが？」

「ええ。撮りました」

「今夜の犯人は、その写真を狙《ねら》って、忍び込んだのかも知れませんよ」

「しかし、犯人なんか、写していませんがねえ」

「調べてくれませんか」

「いいでしょう。これから帰って、調べてみます」

「頭は大丈夫ですか？」

十津川は、心配して、きいた。

羽田は、包帯の上から、そっと、なぜて、

「もう大丈夫です」

羽田は、十津川たちと、マンションに帰った。

机の引出しや、洋ダンスの引出しを調べてみる。金や、預金通帳は、盗《と》られていなかった。しかし――

「警部さんのいう通りです」

と、羽田は、十津川にいった。

「やっぱり、写真ですか?」

「あの日、阿蘇で撮った写真が、失《な》くなっています。現像して、引き伸したやつが、全部失くなっています」

と、いってから、羽田は、ニヤッと笑った。

「しかし、ネガは無事です。別のところへ入れておいたのを、犯人が見つける前に、僕が帰宅してしまったんでしょう」

「それを見たいですね」

「僕が、これから、引き伸しましょう。器具は、全部、揃《そろ》っていますから」

羽田は、十津川と亀井に、コーヒーをいれてやってから、問題のネガを取り出した。

あの日は、途中で、事件に巻き込まれてしまったので、十八枚しか写してなかった。

その全部を、ハガキ大に引き伸して、十津川たちに見せた。

十八枚の写真が、テーブルの上に並んだ。

「熊本駅から、僕は、急行の『火の山5号』に乗りました。立野《たての》のホームにおりて、何枚か写真を撮り、そのあと、列車の窓から、景色を撮りました」

と、羽田が、説明した。

「人物より、景色に興味を持っているようですね」

亀井が、一枚一枚、見ていきながら、感想をいった。

「そうですね。景色の方が好きです」

「人間が写っているのは、四枚だけですね」

十津川は、その四枚を取り、他の写真を、片付けてしまった。

四枚とも、立野のホームにおりて、写したものだった。

一枚は、ホームの反対側に、上りの普通列車が入ってくるところを写したもの。一枚は、ホームから見た阿蘇の外輪山を写したもの。あとの二枚は、スイッチ・バックにカメラを向けて撮っている。どの写真にも、ホームにおりた他の乗客が、一名か、二名、入ってしまっている。

「どれも、偶然、カメラの中に入ってしまったんです。しかし、ここに写っているのが、犯人とは、思えませんね。見て下さいよ。ここに写っているのは、土地の人らしい六十代の老婆、次の写真には、若い女性の二人連れ、あとの二枚には、女性の肩しか写っていません」

「しかし、今日の犯人は、この写真を狙ったんです。阿蘇の事件の犯人にとって、何か都合の悪いものが写っているから、盗っていったんですよ」

「そう思って、忍び込んだら、何も写っていなかったんじゃありませんかね」

「それなら、何も盗らずに引き揚げるでしょう」

と、十津川は、いった。

「しかし、この写真が、犯人の手掛りになるとは、とうてい思えませんがねえ」

「とにかく、この四枚の写真をお借りしたいのですが、構いませんか？」

「構いませんが、お願いがあります」

「何ですか？」

「昼間見せられた写真の女性は、いったい誰《だれ》なんですか？」

と、羽田は、きいた。

十津川は、亀井と、顔を見合せていたが、

「いいでしょう。あなたには、今後も、協力して頂かなければなりませんからね。名前は、関口君子《せきぐちきみこ》。三十八歳です」

「どんな人なんですか？」

「熊本県出身の代議士で、関口文武《ふみたけ》という人がいます。四十五歳の気鋭の代議士で、アメリカの大学を出た秀才でもあります」

「名前は、聞いたことがありますよ。演歌好きが多い政治家の中では、珍しく、クラシックが好きとか、週刊誌に出ていましたね」

「その人です。彼女は、奥さんです」

「それが、事件に、どう関係してくるんですか？」

と、羽田は、きいてから、「ああ」と、ひとりで肯《うなず》いて、

「阿蘇の旅館に、去年の秋に被害者と泊ったのは、その関口代議士なんですか？」

「そうです」

と、十津川は、微笑した。

「その先は、どうなるんですか？」

「関口さんは、M商事の管理部長の青木さんと、年齢は四つ違いますが、親友で、その関係で、秘書の清村ゆきと、関口さんが、親しくなったようです。去年の秋には、二人で、阿蘇へも旅行したらしいのです。それを、関口さんの奥さんが知って、騒ぎになったのです。今年になって、三月初めに、奥さんの関口君子さんが、実家のある三角町で、自殺を

図ったのですよ。まずいことに、これを週刊誌が書いたんです」

「そういえば、僕も読んだ記憶がありますよ。代議士夫人自殺未遂とかいうタイトルでしたね」

「それで、夫婦の仲も、うまくいかなくなって、離婚は、決定的と書かれました」

「関口代議士は、奥さんと別れたら、被害者と一緒になるつもりだったんですかね？」

「そうだったと思いますよ。ところで、被害者は、三角から、急行『火の山5号』に乗って来たんだといいましたね？」

「ええ。そうです」

「それで、われわれは、こう推理したんです。被害者は、三角へ行って、関口の奥さんに謝ったんじゃないか、とですよ」

「それは、確認されたんですか？」

「熊本県警が、三角に行って、関口君子に会って来たそうです。彼女は、被害者が来たことを認めていますね。申しわけないと、君子に、詫《わ》びたそうです」

「それで、関口君子は、どう返事したんですか？」

「彼女の証言では、もう、主人とは別れるつもりだから、あなたの好きにしなさいと、いったそうです」

「立派といおうか、いや、どうも、立派すぎますね」

「われわれも、そう考えました。しかし、関口君子の顔を、あなたは、車内で見かけなかったといい、彼女が、豊肥本線の『火の山5号』に乗っていた証拠は、どこにもないんです」

「じゃあ、アリバイは、完全ということですか？」

「被害者が、関口君子の実家に行き、詫びを入れて、帰ったとき、関口君子は、まだ、家の中にいた。これは、証人が、何人もいます」

「じゃあ、容疑者は、なしですか？」

「もう一人います。関口君子の弟がね。姉思いで、二十九歳のサラリーマンですよ」

十津川は、弟の、井戸年次《いどとしつぐ》という名前の男の写真も、見せてくれた。

なるほど、さっきの写真とよく似た顔の青年だった。

「あの列車の中で、彼を見かけましたか？」

と、亀井が、きいた。

「いや。見た記憶がありませんね。警察でも、調べたんでしょう？」

「熊本県警が調べました。あの日の急行『火の山5号』には、関口君子も、弟の井戸年次も、乗っていないことがわかったそうです」

「それでも、僕に、関口君子の写真を見せましたね？」

「念のためです。関口君子も、井戸年次も、シロとなると、容疑者が、いなくなってしまうのですよ」

「肝心の関口代議士は、今、どうしているんですか？」

「入院しています」

「入院？」

「愛人が殺されたことが、ショックだったんでしょうね。事件の翌日の夜から、N病院に入院してしまいました。病名は、急性肝炎だそうです」

「関口代議士には、アリバイがあるんですか？」

「あります。事件当日は、午後一時から、銀座で、熊本県人会のパーティがあって、関口代議士は、それに出席して、あいさつしています。清村ゆきが、殺されたのが、午後三時頃《ごろ》ですから、彼には、立派なアリバイがあります」

9

十津川たちが帰ったのは、午前四時近くである。

羽田は、なにか、自分が、探偵《たんてい》になったような気持で、眠れなかった。

四枚の写真は、十津川たちに渡してしまったので、それだけ、もう一度、引き伸した。

その四枚を、改めて、テーブルに並べてみた。

(この中に、事件を解くカギがあるのだろうか？)

いくら見ても、羽田には、わからなかった。

犯人と思われる人間が、わざわざ、羽田の留守に侵入して、盗み出したのだから、犯人にとって、困るものが、写っているに違いない。

しかし、いくら見ても、それらしいものは、見つからないのだ。

四枚の写真の中に、三人の乗客しか、写っていない。

その中に、十津川に見せられた関口君子と、井戸年次はいない。

他に一人、左肩のあたりだけが写っているのがある。

スイッチ・バックの西端の方を、写真に撮ったとき、偶然、女の左肩のあたりが、入ってしまったのである。

しかし、思い出してみると、二十歳くらいの若い女で、関口君子ではなかった。

(それなのに、なぜ、犯人が、この写真を狙ったのだろうか？)

そんなことを考えているうちに、羽田は、眠ってしまった。

翌日、起きた時、眼《め》が、はれぼったくなっていた。考えてみると、五時間しか眠っていないのである。

それでも、約束してあった埼玉《さいたま》県内の中小企業団地に、講演に出かけた。

待ち時間の時にも、四枚の写真を見ていて、世話役の青年に、「いい女《ひと》の写真ですか？」と、ひやかされたりした。

夕方に帰宅した羽田は、ドアのカギをあけようとして、「やられた！」と、思った。

カギが、あけられているのだ。

あわてて、中に入り、部屋の中を、調べてみた。

今度は、五万円の現金も盗られていた。が、阿蘇で撮ったネガも、失くなっている。

明らかに、流しの泥棒《どろぼう》に見せかけているが、目的は、やはり、阿蘇のネガなのだ。

羽田は、すぐ、十津川警部に、電話で知らせた。

十津川は、亀井と、二人で、駈《か》けつけた。

二人とも、やはり、この、二度目の事件に、大きな興味を示した。

「羽田さんには、申しわけないんですが、犯人が、また、盗みに入ってくれて、助かりました」

と、十津川は、いった。

「あの写真に、何かあるとわかったからですか？」

「そうです。昨日、警視庁に戻《もど》ってから、亀井刑事と二人で、何回も、四枚の写真を見たんですが、犯人が、狙った理由がわからなかったんですよ。犯人は、写っていないし、事件を解くカギがあるとも思えない。立野駅のスイッチ・バックが、事件のカギかと思ったんですが、それなら、写真をいくら盗んでも、立野へ行けば、いくらでも、現場検証できますからね。それで、写真は、意味がないんじゃないかと、諦《あき》らめかけていたのです。しかし、犯人が、危険を冒して、ネガまで持っていったところをみると、やはり、あの写真に、事件を解くカギがあるのだと、確信しましたよ」

「しかし、犯人は、写っていないんでしょう？」

「そうです。われわれは、犯人は、男だと確信しています」

十津川が、ニッコリ笑っていった。

「男？　じゃあ、関口君子さんの弟の井戸年次さんですね？」

羽田が、ずばりと、きくと、十津川は、

「まあ、そうです」

と、肯いた。

「彼は、東京に、ひとりで住んでいるんですが、事件の日には、東京にいなかったことがわかりましてね。だから、アリバイが不確かなのですよ」

「僕の撮った四枚の写真には、井戸年次さんは、写っていませんね。というより、偶然、入ってしまったのは、全部、女性ですよ」

「そうです」

「それなのに、なぜ、犯人は、ネガまで盗っていったんでしょうか？　犯人は、女性だということは、考えられませんか？」

と、羽田は、きいてみた。

「つまり、この四枚の中に写っている女性ということですね？」

「ええ。だから、犯人は、必死になって、ネガまで、盗んでいったんじゃないかと思うんですが」

「いや。それはありません。ここに写っている女性については、熊本県警の方で、名前もつかんでいます。今日、電送したんですが、被害者と全く関係のない女性たちだとわかりました。全く無関係な人間が、針の先に、青酸を塗って殺すような真似《まね》はしませんからね」

「そうすると、ますます、この写真を、なぜ犯人が盗んでいったか、その理由が、わからなくなってくるじゃありませんか？」

羽田は、首をかしげてしまったが、十津川は、なぜか、ニッコリして、

「だから、面白《おもしろ》いともいえるんです」

「どうも、意味が、よくわかりませんが」

「つまり、一見、何の意味もなく見えるこの四枚の写真の中に、事件を解くカギがあるということです。それに、昨日、あなたが、指摘して下さったこともあります」

「何でしたっけ？」

「犯人が、なぜ、ナイフやスパナを使わなかったか、なぜ、前腕部なんかに、毒針を突き刺したかという疑問です」

「ああ、それですか。答は見つかったんですか？」

「いや、まだ、見つかっていませんが、この二つの疑問の向うに、事件の答があると信じています」

と、十津川は、自信を持ったいい方をしてから、

「ところで、一日か二日、時間がとれませんか？」

「なぜですか？」

「われわれと一緒に、阿蘇《あそ》へ行って貰《もら》いたいのです。熊本県警の捜査員も、同行して、事件を、もう一度、再検討してみたいのです」

「同じ急行『火の山5号』に乗るということですね？」

「そうです。なるべく、早い時期に、行って頂きたいのですよ」

「いいでしょう。僕《ぼく》も、事件に関係した人間として、誰が犯人か知りたいですからね」

羽田は、スケジュール表を見てから、明後日なら、あいていると、十津川に告げた。

10

その日、雨が降ったらまずいのではないかと思っていたが、朝、眼をさますと、雲一つない快晴の空が、広がっていた。

簡単な朝食をすませて、カメラに、カラーフィルムを入れているところへ、十津川と、亀井の二人が、迎えに来た。

パトカーで、羽田まで、送って貰う。

航空券は、すでに買ってあって、午前九時三〇分羽田発の熊本行ＴＤＡ３５１便に乗った。

「まあ、気を楽にして、旅行を楽しんで下さい」

と、十津川は、ニコニコしながらいった。

羽田を、必要以上に、緊張させまいとしていったのだろう。

一一時二〇分に、熊本空港に着いた。

空港には、熊本県警の刑事が迎えに来ていた。あの三浦という刑事だった。

羽田は、複雑な気分で、三浦刑事と、握手をした。

事件の直後には、この刑事に、犯人扱いされたことを、思い出したからである。

空港から、熊本市内まで、県警のパトカーで、走った。

約五十分で、熊本駅前に着いた。

急行「火の山5号」の熊本発は一四時〇六分だから、二時間近い時間があった。

羽田と十津川たちは、三浦の案内で、駅前のレストランで、昼食をとることにした。

「一番怪しいのは、井戸年次です」

と、食事をしながら、三浦刑事が、いった。

「同感ですね」

十津川が、肯《うなず》いた。

「彼には、アリバイがありません。それに、事件当日の朝、三角《みすみ》町内で、彼の友人が、彼を見たともいっているんです」

と、三浦は、いってから、

「しかし、あの日、井戸年次は、急行『火の山5号』には、乗っていないんですよ。乗客は、全員、チェックできたんですが、その中に、彼はいません。それに、立野《たての》のホームでも、彼らしい人物を見かけていないんです。井戸年次は、怪しいんですが、どうやって、被害者に近づいて、殺したのか、全く、見当がつかないんです」

「被害者と、井戸年次は、顔見知りだったんですか？」

と、亀井が、きいた。

「姉の関口君子が、自殺を図り、被害者が、詫びに三角を訪ねたのは、あのときが、はじめてだったそうです。だから、顔を合せたとしても、一回か二回ぐらいでしょうね」

「被害者は、突然、三角町を訪ねたんですかね？」

「いや、電話で、行かせて欲しいと、何度も、懇願して来たそうです。それで、関口君子は、事件当日のあの日なら来てもよいといったといっています」

「すると、当然、弟の井戸年次は、前もって、被害者が来ることを知っていたわけですね」

「そうなりますね」

「僕も、一つ質問していいですか？」

羽田が、遠慮がちに、口をはさんだ。

「どんなことですか？」

と、十津川が、羽田を見た。

「被害者は、三角で、関口君子に詫びをしたあと、なぜ、まっすぐ東京に帰らず、豊肥《ほうひ》本線に、乗ったんでしょうか？」

「それは、私が、答えましょう」

と、十津川が、いった。

「これは、関口代議士から聞いたんですが、彼の妻が、実家で自殺を図ったと聞いて、被害者の清村ゆきは、関口代議士と、別れることを決心したそうです。被害者は、心の優しい女性だったのだと思いますね。彼女は、三角へ行って、関口代議士の奥さんに、詫びたあと、関口代議士と過ごした阿蘇を見て帰りたいと、いっていたそうですよ。ただ、阿蘇でおりて泊ってしまっては、また、未練が出てしまうかも知れない、だから、豊肥本線の列車に乗って、帰る途中に、阿蘇の山を見たい、とです。これは、関口代議士にもいっていたし、友人にもいっていたようです」

「すると、井戸年次が、それを知るチャンスもあったわけですね？」

「あったと思いますね。関口君子が、被害者に、許すといったあと、どう帰るのかと、きいたとすれば、被害者は、豊肥本線で、阿蘇を見て帰ると、答えたと思いますからね」

「関口君子は、本当に、被害者を許したんでしょうか？」

「さあ、どうですかね」

と、三浦刑事は首をかしげて、

「被害者が、身を引いても、夫婦の間は、元に戻りませんからね。本当に許したかどうかわかりませんね。少くとも、弟の井戸年次は、被害者を許してなかったと思いますよ。彼の姉思いは、有名だったようですから」

「やはり、どう見ても、井戸年次が、犯人のようですな」

亀井は、それが結論のようにいった。

「だが、問題は、どうやって、殺したかだよ」

十津川が、いう。

三浦は、食事をすませて、お茶を飲んでいたが、急に、思い出したように、

「その後、一つ、妙なことが、わかりました」

「どんなことですか？」

「被害者の左の掌《てのひら》が、少し汚れていたんです。彼女が、座席から、床に転げ落ちたとき、左の掌が床について、床の汚れが附着したんだと思ったんです。ところが、今朝になって、違うことが、わかりました。念のために、掌の汚れを分析して貰ったところ、土の微粒子

だとわかったんです。つまり、泥《どろ》で汚れていたということです」

「泥？」

「そうです。列車の床の汚れではなかったんです」

「右の掌は？」

「汚れていませんでした」

「すると、こういうことですか。被害者は、列車からおりて、左手だけ、土にこすったと同じようになっていたという——？」

亀井が、首をかしげて、三浦に、きいた。

「ええ、そうなります」

「犯人が、泥のついた手で、被害者の左手をつかみ、引っ張っておいて、毒針を、前腕部に突き刺したということかな」

十津川が、考えながら、いった。

「われわれも、そう考えたんですが、もし、犯人が、汚れた手で、被害者の左手をつかんで引っ張ったのだとすると、むしろ、左手の掌よりも、手の甲が、汚れているんじゃないかというわけです。しかし、被害者の手の甲は、汚れていませんでした」

「すると、犯人が、汚れた手で、被害者の左手をつかんだのではなく、被害者が、何か、汚れたものを、左手でつかんだことになるんだが、いったい、何をつかんだんだろう?」

十津川が、考え込んでいる。

羽田は、列車の中の様子を思い出しながら、

「車内に、そんなものは、ありませんでしたよ」

11

四人が、熊本駅のホームに入ったとき、三角から走って来た急行「火の山5号」は、すでに、入線していた。

羽田が、あの時と同じ1号車に乗り込むと、十津川たち三人も、そのあとに続いた。

車内は、あのときと同じように、ががらだった。

行動の自由のきくバスや、レンタカーなどに、客をとられるからだろう。確かに、阿蘇をよく見るには、車で走った方が、便利だからに違いない。

四人は、あの日、被害者と、羽田が座ったコーナーに、向い合って、腰を下した。

亀井は、腰を浮かし、ぐるりと、車内を見廻《みまわ》した。

「ずいぶん、すいていますね。あの時も、こんなに、すいていたんですか?」

「ええ。こんなものでしたね」

羽田が、答えた。

「これじゃあ、犯人が、被害者を殺しても、他の乗客は、気付かなかったでしょうね」

亀井は、感心したようにいった。

「それに、手でつかんで、泥がつくようなものも、車内には、ありませんよ」

羽田は、三人に、いった。

床も、きれいに、掃除されているし、窓ガラスや、背もたれについている手すりも、汚れてはいない。

「被害者は、左ききだったんですか？」

羽田は、三人の誰《だれ》にということもなく、きいてみた。

十津川が、首を横に振って、

「いや、上司や、関口代議士に会って話を聞いたところでは、彼女は、右ききだったということですよ」

「じゃあ、なぜ、左手で――？」

羽田がいったとき、急行「火の山5号」は、阿蘇に向って、動き出した。

羽田は、いやでも、あの日のことを思い出さずには、いられなかった。

物思いに沈んでいた女。あの時は、わからなかったが、彼女は、愛する関口代議士と、別れる決心をしていたのだ。

もちろん、自分が殺されるなどとは、思ってもいなかったろう。

次第に、列車は、登りになってくる。

肥後大津《ひごおおづ》に停車したあと、あの日と同じ、一四時四七分に、立野に着いた。

「羽田さんは、あの日と同じように、動いて下さい」

と、十津川が、羽田にいった。

羽田は、カメラを持って、ホームにおりた。

あの日と同じように、春の陽《ひ》が、ホームに降り注いでいた。

五、六人の乗客が、ホームにおりて、周囲の景色を見たり、煙草《たばこ》を吸ったりしている。

羽田は、スイッチ・バックの端に向って、シャッターを切ったり、ホームの景色を写したりした。

やがて、熊本行の普通列車が、ホームの反対側に入って来た。

全《すべ》て、当然のことだが、あの日と、同じである。

一分後に、急行「火の山5号」は、スイッチ・バックに向って、発車する。

羽田は、車内に戻《もど》った。

急行「火の山5号」は、逆方向に、ゆっくりと動き出した。

かなりの勾配《こうばい》を、ゆっくりと、登って行き、停車した。

信号が、変るのを待つのである。

「景色は、反対側の方が素晴らしいので、僕は向うで、窓の外の景色を、写真に撮っていました。だから、この時点で、彼女が死んでいたかどうか、わからないんです」

と、羽田は、いった。

十津川たちも、通路の反対側の座席に移って、窓の外を見た。

「なるほど、谷側のこちらの方が、展望が開けていますね」

十津川が、いった。

三十秒くらいして、列車は、再び、逆方向に、勾配を登り始めた。

ここまで登って来た線路や、立野の駅が、下の方に見える。

「乗客のほとんどが、こちら側の座席に移って来ていましたね」

と、羽田が、いった。

「すると、ますます、被害者を、殺しやすくなったことになりますね」

亀井が、いった。

「だが、なぜ、あんな面倒な殺し方をしたのかわからなくなるよ。羽田さんのいうように、ナイフで刺せばいいんだからね。それに、容疑者の井戸年次は、列車に乗っていなかったんだ。もし、彼が犯人だとすると、列車の外から、どうやって、車内にいる清村ゆきを殺せたかが問題になってくる」

十津川が、車内を見廻しながら、いった。

列車は、喘《あえ》ぎながら、急勾配を登っている。

そして、赤水に着いた。

「ここでは、もう、彼女は、殺されていたんですね」

と、羽田は、いった。

12

「降りよう」

突然、十津川が、いった。

理由が、わからないままに、他の三人も、あわてて、十津川と一緒に、ホームに降りた。

急行「火の山5号」は、すぐ、発車して行った。

「立野へ引き返そう」

と、十津川は、いった。

「なぜですか？」

亀井が、きいた。

「羽田さんの撮った問題の四枚の写真は、全て、立野のホームで撮ったものだ。それが、犯人に盗まれたとすれば、どうしても、事件のカギは、立野ということになる」

「しかし、何にも発見されませんでしたよ」

羽田が、いった。

「とにかく、立野に戻ろう」

十津川は、頑固《がんこ》にいった。

上りの列車を待つのが惜しくて、四人は、駅前でタクシーを拾い、立野に、急いだ。

立野に着く。

立野の駅は、駅舎が、上の方にあって、ホームは、下の方にある。

羽田が、ホームへ行こうとするのを、十津川が止めて、四人は、駅舎に入って行った。

駅員が、二人いた。

十津川は、警察手帳を見せてから、問題の四枚の写真を、二人の駅員の前に、並べた。

「これは、例の殺人事件のあった日に、この駅のホームで、撮ったものです。あなた方から見て、何かおかしいところがあったら、教えて欲しいんですよ」

と、十津川は、いった。

二人の駅員は、四枚の写真を、興味深そうに見ていたが、

「写真に写っている乗客が、おかしいということですか？」

「いや、乗客は、別におかしくはありません。他《ほか》の何かが、おかしいんだと思うんですよ」

「ばくぜんと、いわれても、困るなあ」

駅員は、首をひねりながら、なおも、見ていたが、片方の駅員が、

「この二枚は、変じゃないか」

と、もう一人にいった。

ホームから、スイッチ・バックの端に向って、撮った写真だった。

「確かに、これは、変だよ」

と、もう一人の駅員もいう。

羽田たちが、のぞき込んだ。

「どこが、変なんですか？」

「ほら、スイッチ・バックの端の方に、小さく、人間が写っているでしょう」

「しかし、それは、ヘルメットをかぶって、作業服を着た保線区員ですよ。別に、おかしくはないでしょう？」

羽田がいうと、駅員は、

「あの日、保線区員は、立野には、来なかったんです」

「本当ですか？」

思わず、亀井が、大きな声を出した。

「ええ。別に、異常箇所は、ありませんでしたからね。第一、一人でいるのがおかしいですよ。普通、保線区の人間は、二人以上のチームで、作業しますからね」

「井戸年次だ」

と、三浦刑事が、いった。

13

四人は、ホームへおりて行き、改めて、スイッチ・バックの端に眼《め》を向けた。

「これで、どうやって、殺したか、だいたいわかって来たじゃないか」

と、十津川は、スイッチ・バックに、視線を向けたまま、いった。

「井戸年次は、被害者が、三角《みすみ》から、列車に乗ったのを知っていた。熊本から、急行『火の山5号』になる列車にだ。そこで、ヘルメットに、作業服を着て、保線区員という恰好《かっこう》で、立野のスイッチ・バックで、待ち受けていたんだよ」

「しかし、どうやって、被害者が、『火の山5号』に乗ったのを知ったんでしょうか？」

羽田がきくと、十津川は、

「こういうことだと思いますね。被害者が、詫《わ》びに三角の家を訪ねた。その時、井戸も、そこにいたんですよ。被害者は、関口君子に、豊肥《ほうひ》本線で、別府まで行って、帰るといって、三角の駅に向った。井戸年次は、そのあとをつけたんだと思いますね。彼女は、別府までの切符を買う。その時間で、どの列車に乗るか、見当がつきます。三角駅というのは、一時間に、一本ぐらいしか、走っていませんからね。それに、三角発で、別府まで行く列車となると、限られています。すぐ、急行『火の山5号』と、わかったと思うのですよ。井戸は、家が、三角だから、豊肥本線にも、何回か、乗っていたと思います。立野のスイッチ・バックも、よく知っていて、ここで、清村ゆきを殺そうと思った。そして、車で、先廻りしたんです」

「タクシーですか？」

「いや、実家にある車を使ったと思いますね」

「実家には、乗用車があります」

と、県警の三浦刑事がいった。

十津川は、肯《うなず》いてから、

「急行『火の山5号』は、三角から熊本までは、各駅停車の普通列車です。その上、熊本駅では、十一分間も、停車する。熊本からは急行になりますが、登りになると、自転車ぐらいのスピードに落ちてしまうのは、われわれも、経験しました。その点、道路は、よく整備されているから、立野に、先廻りするのは、楽だと思いますね。白いヘルメットや、保線区員に似た作業服は、売っていると思います。作業服専門の店がありますからね」

「毒針は、いつ用意したんですかね？」

羽田がきいた。

「あれは、前もって、用意しておいたんだと思いますね。被害者が、三角へ来ることは、前から、わかっていたんですから」

「立野に先廻りした井戸年次は、もちろん、改札口から駅には入らず、勝手に線路に入り込んで、スイッチ・バックの端に行き、じっと、待っていたんですね。保線区員のような恰好だから、一般の人は、不審に思わない。たまたま、羽田さんの撮った写真に、写ってしまったということでしょうね」

と、亀井が、いった。

「さっき、列車に乗っているとき、計ってみたんです」

と、十津川は、腕時計に、ちらりと、眼をやって、

「列車は、逆方向に、勾配を登って行って、スイッチ・バックの端へ行き、いったん、停車する。そして、また、逆に、進む。この間が、三十秒間です。三十秒間、列車は、スイッチ・バックの端に停車する。井戸は、この三十秒を利用して、被害者を殺したんですよ」

「どうやってですか？」

三浦刑事が、きいた。

「これは、想像するより仕方がないんだが、ナイフを使わずに、毒針を使ったこと、左手の前腕部を刺していること、左手の掌に、土がついていたことなどを考えれば、だいたいの想像はつきますよ」

「どんな風にですか？」

「ナイフは、使わなかったのではなく、使えなかったんだと思いますね。腕に、ナイフを突き刺しても、それで死ぬとは限りませんからね。だから、針に、青酸を塗った凶器を使ったんです。列車が、スイッチ・バックの端で、停まる。保線区員の恰好をした井戸は、

四両の客車を、ずっと見て行く。1号車に、被害者が、腰をかけているのを見つけた。幸い、車内は、乗客は、まばらだし、そのまばらな乗客は、反対側の窓から、谷側の景色に見とれている。チャンスです。そこで、井戸は、被害者の座っている窓ガラスを叩《たた》いたと、思いますね。何だろうと、彼女は、窓の外を見る。ヘルメットに作業服の保線区員が、立っているから、何の疑いも持たずに、窓を開けたに違いありません」

「そこを、毒針で刺したんですか？」

三浦が、先走っていうのを、十津川は、「いや」と、首を振った。

「ただ、窓を開けただけじゃ、左腕は、刺せませんよ。窓の外に、被害者の左腕を出させなければならない」

「どうやったんでしょうか？」

羽田が、きいた。

14

「県警の調べでは、被害者の左手の掌に、土がついていたといいます。そこに、ヒントがあると思う。彼女は、左手で、何かを掴《つか》んだんですよ。逆にいえば、犯人の井戸が、うまく、摑ませたことになりますね」

「しかし、どうやってですか？」

「多分、こうしたんだと思う。井戸は、保線区員になりすまし、両手に、近くの土をこすりつけておき、その手で、ジュースの缶《かん》でも持って、被害者に、こういうんです。ごらんの通り、両手が汚れているので、このジュース缶をあけてくれませんかとね。それを、嫌《いや》だとはいわないでしょう。彼女は、そのジュース缶を受け取って、栓《せん》をあけてやった。彼女は、右ききだから、左手で、缶をつかんで、右手であけたに違いありません。そのとき、ジュース缶に、土がついていたので、彼女の左手の掌にも、土がついた。缶をあけた彼女は、当然、左手で缶を持って、井戸に渡そうとする。井戸の方が、わざと、離れて立っていれば、彼女は、手を伸して、渡そうとする筈《はず》です。その時、用意していた毒針で、差し出された左腕を刺したんですよ。被害者はびっくりして、あわてて、手を引っ込める。犯人は、凶器の毒針を、素早く、車内に投げ込んだ。ほとんど同時に、信号が変って、列車は、動き出す。犯人は、悠々《ゆうゆう》と、姿を消したに違いありません。立野の駅員にさえ見つからなければ、ヘルメットに作業服姿の男が、線路上を歩いていても、誰も、怪しみませんからね」

「しかし、犯人は、羽田《はだ》さんに、写真を撮られていたことを思い出したんですね」

三浦刑事が、ちらりと、羽田を見ていった。

「そうです」と、十津川が、いった。

「乗客の一人が、スイッチ・バックの端に向って、カメラを構えていたのを思い出したんですね。井戸年次には、アリバイはない。だが、急行『火の山5号』に乗っていなかった。立野の駅にも、次の赤水駅にもいなかった。それが、逃げ道だったんです。毒針は、車内に投げ込んだから、犯人は、車内の乗客の一人と思われますからね。しかし、いない筈の保線区員が、写真に写っていたとなると、犯行の方法がわかってしまい、自分が危くなる。そこで、羽田さんのことを調べたに違いありません。住所がわかったところで、羽田さんのマンションに忍び込んだのです。一度は、羽田さんが帰って来て失敗し、もう一度、ネガを奪いに、入ったんです」

「それが、結果的には、井戸年次の命取りになったわけですな」

亀井が、ニヤッと笑った。

十津川も、微笑した。

「そうなんだ。彼が、何もしなかったら、われわれは、まだ、事件を解決できずにいた筈だ。羽田さんの撮った写真を見ても、何の疑問も持たなかったろうからね。保線係というのは、線路の傍《そば》では、いわば、『見えない人』なんだ。そこにいて当然の人だから、怪しいなどとは思わない」

「僕《ぼく》は、犯人に、二回もやられた後でさえ、あの写真のどこが不審なのか、全くわかりませんでしたからね」

と、羽田は、頭をかいた。

＊

羽田は、東京に帰ってから、新聞で、犯人として、井戸年次が逮捕され、自供したことを知った。

その後、仕事に追われて、いつの間にか、事件のことは、忘れてしまっていたが、十二、三日してから、一通の手紙を、十津川警部から受け取った。

先日は、捜査に協力頂き、ありがとうございました。本日、犯人の井戸年次が起訴され、私たちの手を離れました。が、こうした事件では、いつも、刑事は、因果な仕事だと思います。

殺された清村ゆきも、可哀《かわい》そうですし、犯人の井戸も、ただただ、自殺を図った姉が可哀そうで、あの凶行に走ってしまったに違いありません。

表面的に見れば、一番悪いのは、関口代議士ということになるのですが、愛というものは、理性でコントロールできないもので、私は、彼を非難する勇気はありません。もちろん、夫婦の間が完全に冷えてしまった今、奥さんも可哀そうです。多分、二人は、離婚するでしょう。

私は、こういう事件にぶつかると、刑事としては、感傷的すぎて、不適格ではないかと、思ってしまいます。

気分転換に、ひとりで、旅にでも行ければいいのですが、事件に追われていると、それも、ままなりません。

出来れば、次の事件では、ただ、追いかけることだけを考えればすむ、凶悪な犯人であって欲しいと念じています。

十津川拝

羽田様

解説――趣向もさまざまな鉄道ミステリー

山前　譲

西村京太郎氏の鉄道ミステリー集であるこの『空白の時刻表』は、二〇〇四年六月に徳間文庫より刊行されたものの新装版である。一九八二年から一九八八年にかけて発表された趣向も様々な六作の短編が収録されているが、刻一刻はオーバーな言い方だけれど、鉄路は変化している。そのあたりを踏まえて各作を解説してみよう。

「急行『だいせん』殺人事件」(「別冊小説宝石」一九八二・九　原題「空白の二十七分間」)は鉄道ダイヤを利用した典型的な短編だ。数字が羅列してあるだけの一見無味乾燥な時刻表には、旅情とミステリーのトリックが秘められている。鮎川哲也氏や森村誠一氏など、そこに謎解きの興味を織り込んだ作品が多数書かれてきた。

「だいせん」は東海道本線・福知山線・山陰本線経由で大阪駅・米子《よなご》駅間を結んでいた夜行列車である。一九六八年に運行を開始した。作中の久美子が利用しているように、一九九九年までは寝台客車も連結されていた。慣れないとなかなか眠れない狭い三段寝台――

寝台特急の定期列車としては「サンライズ出雲」と「サンライズ瀬戸」しかない今となっては、まさに懐かしいとしかいいようがない。

西村氏の鉄道ミステリーの第一弾は一九七八年に刊行された『寝台特急《ブルートレイン》殺人事件』だった。なぜか郷愁を漂わせている往時の寝台列車の様子が、「急行『だいせん』殺人事件」でも窺《うかが》えるだろう。なお、「だいせん」は残念ながら二〇〇四年十月をもって廃止されている。

「おおぞら3号殺人事件」(「別冊小説宝石」一九八三・九)や「死への旅『奥羽本線』」(「オール讀物」一九八四・二)も、漫然と時刻表を見ていたり、ぼんやりと列車に乗っていては、そのトリックには気付かないだろう。

国鉄が分割民営化されたのは一九八七年四月だった。したがって本書に収録されている作品のほとんどは国鉄時代の事件だが、その日本の鉄路の激動時代に相前後して、北海道や東北地方では赤字路線の廃止が目立った。しかし、西村氏の鉄道ミステリーにはその北の大地を舞台にしたものが多い。厳しい風土がより創作意欲を駆り立てているようだ。

特急「おおぞら」は、息子の健一が誘拐され、亀井刑事が殺人犯として疑われる『特急「おおぞら」《ハイデッカー・エクスプレス》殺人事件』でも舞台となっている。一九六一年十月、北海道初の特急列車として函館駅・旭川駅間(室蘭本線・千歳《ちとせ》線経由)で運行を開始した。一時「スーパーおおぞら」と称されたこともあるが、現在は札幌駅・釧路駅間を函館本線・千歳線・石勝《せきしょう》線・根室本線経由で結ぶ、北海道を代表する特急となっている。

「死への旅『奥羽本線』」は夜行列車が鍵を握っている。被害者の女性が上野駅発の列車で秋田へ向かったはずだったからだ。特急「あけぼの1号」、特急「あけぼの3号」、そして急行「おが」――彼女はいったいどの列車に乗ったのか？

「あけぼの」は一九七〇年十月に上野駅・青森駅間で運行を開始した寝台特急で、東北本線・奥羽本線経由だった。その後、上野駅・秋田駅間でも運行されるようになる。東北新幹線の開通、そして延伸によって東北本線の夜行列車が次々と廃止となったために、「あけぼの」は人気の列車だったが、山形新幹線や秋田新幹線の開業もあって、二〇一四年三月で定期運行は終了している。

「おが」は一九六一年十月に上野駅・秋田駅間で運行を開始した。その時は「男鹿」の表記だったが、二年後に「おが」となった。一時は昼行列車もあったが、「あけぼの」の運行開始によって不定期列車・臨時列車となり、一九九四年に廃止となっている。

列車乗っ取り事件の顚末《てんまつ》を描いた「ＡＴＣ作動せず（Ｌ特急「わかしお」殺人事件）」（「小説現代」一九八四・十）の比類なきサスペンスは、西村作品ならではと言えるだろう。日常的には決められた路線だけを走っているが、軌道の幅が同じであれば、列車はレールが繋《つな》がっている限りどこまでも走りつづけることができる。青函《せいかん》トンネル、瀬戸大橋、そして関門トンネルと、鉄路がまさに一本となった今、北海道の端から九州の端まで同じ列車で行くことができるはず——だが、そう鉄路が単純ではないことがこの短編で分かる。

「わかしお」は一九七二年七月、東京駅・安房鴨川《あわかもがわ》駅間を総武本線・外房線経由で運転を開始し、今も房総半島へ向かうメインの特急である。現在はL特急とは呼ばれていない。夏には海水浴客で、秋には伊勢えび祭りで賑《にぎ》わう御宿《おんじゅく》駅を出発した「わかしお」が勝浦駅に着く直前、車内で事件が起こった。はたして「わかしお」はどこへ向かうのか。大胆な展開には驚かされるに違いない。

四国の特徴的な駅名をミステリーに生かした「殺意を運ぶ列車」(「小説現代」一九八八・一)と、ある路線の特殊な状況に着目した「復讐のスイッチ・バック」(「小説新潮」一九八四・四)もまた、鉄道ミステリーの可能性をさまざまな角度から探っていた西村氏らしい作品だ。

鉄道の駅は山のようにあるから、まだどこかにミステリーのトリックが潜んでいるかもしれない。スイッチ・バックは急勾配《きゅうこうばい》の鉄路をZ形に登っていくシステムだが、鉄道写真の素材として人気があるようだ。

『寝台特急殺人事件』が創作活動を一変させてしまうとは思ってもいなかっただろうが、

西村氏が鉄道ミステリーに取り組んだのは、当時の寝台特急ブームに便乗してのものではない。作家になる以前、まだ公務員だった二十代の頃から、西村氏は旅好きだった。「トラベルミステリーとの出会い」と題したエッセイで若き日をこう回顧している（「旅」二〇〇一・三）。


毎日が、決まりきった生活の繰り返しのせいか、旅に出るときくらいは、自由気ままにと思っていた。休暇をとって、何の予定も立てず、東京駅から列車に乗った。まだ、新幹線も走っていなかったし、ありがたいことに、普通列車というか、各駅停車の、いわゆる鈍行が、どの線にも走っていた。

金がないから、旅館に泊まることはしない。列車の中で、眠る。それも、寝台車は高いから、かたい、普通の座席に、身体を丸くして眠るのである。

翌朝、駅に着く。何処《どこ》の駅でも構わなかった。駅前の食堂で朝食をとり、春なら、歩き廻り、夏なら、近くの海で泳ぐのである。

ある夏など、列車の中で泊って、山陽と、山陰の海を、ひとめぐりしている。


西村氏の鉄道ミステリーに夜行列車がよく登場したのは、こうした思い出があってのことだ。今は夜行列車というとイベント的なものしか走っていないが、すぐに予約が埋まるというから、鉄道は単なる移動手段としての役目だけでなく、思い出を残す場となっているのは間違いないだろう。

本書収録の短編で、北は北海道から南は九州まで旅することができる。日本地図に西村氏の鉄道ミステリーをプロットしてみると、まさに全国津々浦々、鉄道路線のあるところに西村作品が必ず並走している。東北新幹線や山形新幹線、あるいは北陸新幹線と、新しい鉄路ができれば、新しいミステリーが誕生した。そこには日本の鉄路の歴史が刻まれている。読者それぞれに西村氏の鉄道ミステリーで思い出を喚起《かんき》されるに違いない。

二〇二五年一月

本書は2004年6月に刊行された徳間文庫の新装版です。
なお本作品はフィクションであり実在の個人・団体などとは一切関係がありません。

徳間文庫

空《くう》白《はく》の時《じ》刻《こく》表《ひょう》

〈新装版〉

2025年2月15日 初刷

著者 西《にし》村《むら》京《きょう》太《た》郎《ろう》

発行者 小宮英行

発行所 株式会社徳間書店

〒141-8202 東京都品川区上大崎三-一-一 目黒セントラルスクエア

電話 編集〇三(五四〇三)四三四九 販売〇四九(二九三)五五二一

振替 〇〇一四〇-〇-四四三九二

印刷 製本 株式会社広済堂ネクスト

ISBN978-4-19-894999-0 (乱丁、落丁本はお取りかえいたします)